Die Beziehungsvereinbarung

Marit Bernson

Covergestaltung: BENISA WERBUNG, Sabine Albrecht, www.benisa-werbung.de
Verwendete Bilder/Grafiken für Cover/Umschlag:
Hintergrund / Skyline: Anastasiia Vasylyk / shutterstock.com
Frau mit Unterlagen: subarashii21/ shutterstock.com
Klemmbrett: MicroOne / shutterstock.com
Silhouetten: Chipmunk131 / shutterstock.com

Lektorat: Daniela Pusch, www.scriptdoktor.com

Bestellung und Vertrieb: Nova MD GmbH, Vachendorf
Druck und Bindung: WIRmachenDRUCK GmbH, Backnang
Printed in Germany

ISBN: 978-3-96443-285-8

Marit Bernson
c / o Autoren.Services
Zerrespfad 9
53332 Bornheim

kontakt@marit-bernson.de
www.marit-bernson.de

1

Herbst

Jahrestag

Völlig durchnässt erreichte Maja das Restaurant. Sie hatte gedacht, das kurze Stück von der U-Bahn-Station hierher würde es ohne Schirm gehen. Doch der Regen hatte noch eine Schippe draufgelegt und ihre Jacke bis zur Bluse durchweicht. Ihre Hose war ab den Knien abwärts patschnass. Die Haare klebten an ihren Wangen. Wenn sie sich nicht zu heftig bewegte, konnte sie aber so tun, als wäre nichts. Um keinen Preis wollte sie sich den heutigen Abend verderben lassen.

Sieben Jahre waren sie und Basti nun ein offizielles Paar auf den Tag genau. Sieben weitere würden es ab heute wieder sein. Und wer weiß, vielleicht konnten sie sich diesmal auf die Kindersache einigen.

»Soll ich Ihren Mantel an die Heizung hängen?«, fragte ein Kellner und musterte sie mitleidig.

Maja schlüpfte aus dem Mantel und reichte ihn dem Kellner, der ihn mit spitzen Fingern entgegennahm.

Sein Blick fiel auf Majas Hose. »In den Toiletten ist ein Handföhn. Vielleicht möchten Sie sich dort frisch machen.«

Maja nickte kurz und schaute sich um. Basti saß im hinteren Teil des Restaurants in einer kleinen, intimen Nische. Ihr Herz machte einen Hüpfer, so aufgeregt war sie. Die neue Vereinbarung hatte sie glücklicherweise sicher in einer Folie in ihrer klitschnassen Tasche verstaut.

Basti entdeckte sie nun auch und nickte ihr zu.

Maja deutete auf ihren Kopf und dann Richtung Toiletten. Basti nickte.

Die Haare im fest in der Wand verankerten Handföhn einigermaßen trocken zu bekommen, war gar nicht so leicht. Maja musste die verrücktesten Verrenkungen ausführen, um überall heranzukommen. Aber sie wollte nur schnell zu Basti und achtete nicht auf die erstaunten Blicke der anderen Frauen.

Ein Blick in den Spiegel zeigte, dass die Frisur nicht optimal saß. Ihre halblangen braunen Haare standen vom Kopf ab. Maja tat ihr Bestes, um sie einigermaßen in die richtige Form zu bringen.

Schließlich sah sie obenrum wieder herzeigbar aus. Die Schuhe würde sie unter dem Tisch ausziehen, sodass es keiner bemerkte. Die Beine würde sie stillhalten, um die nasse Hose nicht zu spüren. Die Bluse war glücklicherweise mit den Haaren getrocknet.

Maja betrachtete sich im Spiegel und nickte dann zufrieden. Ihre blauen Augen leuchteten, was eindeutig an Basti lag. Sie wollte ihn nicht länger warten lassen und verließ die Toilette.

Basti erhob sich und begrüßte sie mit einem Kuss auf die Wange. Er wirkte nervös. Dabei musste er das nicht sein. Die letzten sieben Jahre waren schön gewesen. Auf jeden Fall wollte Maja eine Verlängerung.

Sie setzte sich ihm gegenüber. Er hatte bereits eine halbe Flasche Wein getrunken und sah sie unsicher an.

»Du brauchst dir keine Sorgen machen.« Maja griff nach seiner Hand und sah ihm lächelnd ins Gesicht. Sie liebte seine dunkelblauen Augen, die im richtigen Licht fast braun wirkten. Dazu die dunkelbraunen Haare, die er immer eine Spur zu lang trug, sodass man die Ohren kaum sah.

Basti lächelte gequält.

Eigentlich hatte Maja bis nach dem Essen warten wollen. Aber auch sie wollte endlich Gewissheit.

»Die letzten sieben Jahre waren … ungewöhnlich.« Maja lächelte. »Doch das Experiment hat sich gelohnt.« Sie kramte die Folie mit der neuen Vereinbarung aus ihrer Tasche. Die Blätter hatten wirklich nichts abbekommen. »Ich weiß, wir haben noch nicht darüber geredet, wie es weiter geht. Aber ich gehe einfach mal davon aus, dass wir gute Chancen auf eine Verlängerung haben.«

Basti sah sie schweigend an. Immer noch unsicher. War sie nicht deutlich genug gewesen?

»Wieder sieben Jahre?«, fragte sie. »Und ich dachte, vielleicht können wir über Kinder reden.«

Basti zog seine Hand weg und starrte auf sein Weinglas.

»Was ist denn?« Maja hielt ihm den Vertrag hin. »Willst du ihn erst mal in Ruhe lesen? Den Passus mit dem Kino hab ich geändert. Liebesfilm nur jedes vierte Mal. Und die Jeder-für-sich-Klausel hab ich auch gelockert. Dafür hab ich den Umgang mit Flirtpartnern eingeschränkt. Das hat mich schon sehr gestört.«

Basti blickte hoch. »Ich möchte keine neue Vereinbarung.«

Maja sah ihn stirnrunzelnd an. »Wir waren uns doch einig, dass wir nicht heiraten. Wer heiratet, muss sich wieder scheiden lassen, wenn er die Beziehung nicht mehr will. Und weil es schwieriger ist, die Beziehung zu beenden, gibt man sich keine Mühe mehr und endet mit Lockenwicklern und Schnarchpflaster im Bett. Mit einer befristeten Vereinbarung, die immer neu abgeschlossen werden muss, bleibt die Beziehung spannend. Jeder bemüht sich, weil nach Ablauf der vereinbarten Zeit neu entschieden wird, ob die Beziehung weiter geführt wird.«

Basti nickte und holte tief Luft. »Ich gebe dir in allem Recht. Aber ich will keine Verlängerung.«

Es dauerte einige Sekunden, bis Maja den Sinn erfasste. »Du willst schlussmachen?«

»Richtig schlussmachen ist es ja nicht.« Basti setzte sich ganz aufrecht und sah ihr ernst ins Gesicht. »Es war die sieben Jahre okay. Aber für mich ist es Zeit für etwas Neues.«

»Okay?«, fragte Maja ungläubig. »Es war okay?«

»Wie du sagtest. Es war ein Experiment. Für meinen Geschmack waren das zu viele Regeln und zu wenig Spontanität. Immer wenn ich vom Plan abweichen wollte, hast du auf die Vereinbarung verwiesen.«

»Das sollte verhindern, dass einer den anderen in schwachen Momenten manipulieren kann. Wahrscheinlich hätten wir sonst immer gemacht, worauf nur du Lust hattest.«

Basti zuckte die Schultern. »Und wenn ich jemanden gefunden habe, der genau diese Sachen gern mit mir tut?«

»Hast du jemand anderen?« Majas Herz schlug bis in ihre Kehle. Das passierte grad nicht wirklich.

»Ich habe jemanden kennengelernt«, erklärte Basti. »Vor drei Monaten. Es läuft noch nichts, weil ja unsere Vereinbarung noch galt. Aber jetzt … Ich hab die letzten Wochen viel nachgedacht und mich entschieden.« Er griff nach ihrer Hand.

Maja war nicht in der Lage, sie wegzuziehen. Schlaff hing sie in seiner.

»Die letzten sieben Jahre waren wirklich schön«, sagte er. »Und sieh es doch mal so! Dass wir das nicht weiterführen, beweist deine Theorie. Hätten wir das nicht befristet, würde ich dich vielleicht schon seit Wochen betrügen und wer weiß, wie lange noch weiter. Das würde uns beide kaputtmachen. So ein sauberer Schnitt tut im ersten Moment vielleicht weh. Aber keiner kann dem anderen etwas vorwerfen.«

Maja war unfähig zu antworten.

Basti seufzte. »Ich hab die meisten meiner Sachen heute schon ausgeräumt. Du kannst die Wohnung behalten. Und die Möbel. Die anderen Dinge, bei denen ich nicht wusste, ob du sie behalten möchtest, hab ich dagelassen. Sortiere sie in Ruhe, ich hole sie irgendwann ab.« Er lächelte ihr aufmunternd zu, ließ ihre Hand los, erhob sich und gab ihr einen weiteren Kuss auf die Wange. »Mach's gut, Maja!«

Maja schaute ihm nicht hinterher. Sie stierte auf den Stuhl, auf dem er eben noch gesessen hatte. Ihre Hand lag an der Stelle auf dem Tisch, wo er sie losgelassen hatte. Daneben der neue Vertrag.

Nie hätte sie sich vorstellen können, dass es zu Ende wäre. Oder nicht weiterlief. Je nachdem, wie man es betrachtete. Basti hatte sich damals schon nicht von der Vereinbarung begeistert gezeigt. Aber nachdem Maja ein paar Klauseln aufgenommen hatte, die das Treiben im

Bett betrafen, hatte er zugestimmt und sich seinerseits immer wieder auf genau diese Klauseln berufen.

Wo war der Fehler? Natürlich hatte sie in Betracht gezogen, dass nach der Laufzeit die Gefühle nachgelassen haben würden. Den Zeitraum hatte Maja schließlich wegen des umgangssprachlichen verflixten siebten Jahres gewählt. Sie hatte gedacht, wenn es bis dahin gut liefe, ginge es auf jeden Fall weiter. Ihr Beziehungsmodell mochte ungewöhnlich sein. Aber sie glaubte daran, dass bestimmte Regeln in einer Beziehung diese besser machten.

Was also war schiefgelaufen? Was hatte sie übersehen? Die letzten Wochen waren wie immer gewesen. Die Arbeitsteilung, die Freizeitaktivitäten, der Sex. Nichts Ungewöhnliches.

Im Moment fühlte sie sich wie ein altes Auto, das zwar noch fuhr, aber gegen ein neues Modell ausgetauscht wurde. Das allerdings sollte eine Beziehungsvereinbarung nicht bezwecken. Wenn Basti die Beziehung nicht mehr wollte, wäre er ihr da nicht schuldig gewesen, Anzeichen zu zeigen? Wenn er sich hätte anmerken lassen, dass er die Nase voll hatte, dann hätte Maja sich darauf vorbereiten können.

Die Vereinbarung sah zwar vor, dass eine Verlängerung ohne die Angabe von Gründen abgelehnt werden durfte. Aber zumindest war er ihr doch schuldig, seine wahren Empfindungen zu zeigen. Stattdessen hatte er heute klammheimlich seine Sachen gepackt, um ihr dann zu verkünden, dass er keine Lust mehr auf ihre Beziehung hatte.

Von wegen, sie hätten einander nichts vorzuwerfen! Er hatte ihr etwas vorgemacht.

Ehe Maja darüber nachdenken konnte, griff sie nach der halbvollen Weinflasche und schleuderte sie gegen die Wand. Es schepperte und dunkelrote Flüssigkeit lief die weiß getünchte Tapete hinunter.

»Von wegen okay!«, schrie Maja.

Sofort waren drei Kellner bei ihr und redeten auf sie ein. Die Leute an den umstehenden Tischen starrten sie entsetzt an.

»Ich glaube, Sie gehen jetzt besser«, sagte einer der Kellner leise. Es war der, der ihr den Mantel abgenommen hatte. Er schob sie sanft am Rücken Richtung Tür, während die beiden anderen sich mit Tüchern an den Flecken an der Wand und mittlerweile auf dem Holzfußboden zu schaffen machten.

Beim Ausgang reichte ihr der Kellner den immer noch nassen Mantel, öffnete die Tür und schob sie hinaus.

»Kommen Sie nie wieder!« Mit diesen Worten schloss er die Tür vor ihrer Nase.

Maja behielt den Mantel in der Hand. Es hatte aufgehört zu regnen. Aber die Luft hatte schon den kalten

Hauch des bevorstehenden Novembers. Wenn Maja den Mantel überzog, würde sie noch mehr frieren.

Sie lief zur U-Bahn-Station und fuhr nach Hause. In die Wohnung, in der sie ab jetzt allein leben würde.

2

Jammertage

»Wie sieht es denn hier aus?« Susi rümpfte die Nase und ließ ihren Blick über das Chaos in Majas Wohnung schweifen. Pizzakartons, offene, halbleere Colaflaschen, dreckiges Geschirr und herumliegende Klamotten.

Maja zog geräuschvoll die Nase hoch.

»Wen interessiert's, wie es hier aussieht?«, fragte sie und ließ sich auf ihren Platz auf dem Sofa plumpsen, den sie nur kurz verlassen hatte, um ihrer Freundin die Tür zu öffnen.

Susi schob mit ihren Füßen herumliegende Sachen beiseite und beförderte mit einem Schubs einen Stapel Pizzakartons vom Sessel auf den Boden. Dann begutachtete sie den Stoff, bevor sie sich setzte.

Ihr Blick wirkte jetzt besorgt. »Was ist denn los?«, fragte sie. »Wo ist Basti? Wieso meldest du dich nicht?«

»Er ist weg«, brachte Maja hervor, bevor sie anfing zu schluchzen.

»Habt ihr Schluss gemacht?«

Maja schüttelte den Kopf.

Susi zuckte verständnislos mit den Schultern. Dann riss sie die Augen auf. »Oh, Gott! Ist ihm etwas passiert? Ist er tot?«

»Nein«, rief Maja. »Aber ich wünschte, er wäre es!« Sie nahm das Taschentuch, das sie gerade in der rechten Hand hielt, und warf es an die Wand. Es brachte nicht die Erleichterung, die Maja sich gewünscht hätte. Kurz überlegte sie, eine Flasche hinterherzuwerfen, aber dann würde Susi sie endgültig für geisteskrank halten.

Die sah sie erwartungsvoll an.

»Wir sind nicht mehr zusammen«, verkündete Maja.

»Also, habt ihr doch Schluss gemacht.«

Maja wiegte den Kopf hin und her. »Na ja, so kann man es nicht unbedingt nennen. Ich hab dir doch mal erzählt, dass wir einen Vertrag haben.«

Susi runzelte die Stirn. »Ich dachte, das sei ein Scherz. Sowas, was man an den Kühlschrank heftet, damit er mal den Müll rausbringt.«

Maja seufzte und ergriff den zerknüllten Beziehungsvertrag, auf dem sie die letzten Tage geschlafen hatte. Tatsächlich hatte sie Susi bisher noch nie Details über ihre Vereinbarung mit Basti erzählt. Sie kannten sich jetzt seit vier Jahren, und irgendwie hatte es sich nie ergeben. Eigentlich ging es ja auch niemanden etwas an.

»Ich meine einen echten Vertrag.« Sie hielt ihn Susi hin, die ihn ungläubig entgegennahm.

»Das sind ja viele Seiten«, kommentierte sie und überflog ihn. »Das ist doch wirklich ein Scherz, oder? Eine Beziehung für den Lauf von sieben Jahren?« Sie las kopfschüttelnd weiter. »Was habt ihr denn alles geregelt?« Sie blätterte um. »Ihr habt sogar Vorschriften für euer Sexleben?« Susi blätterte durch die letzten Seiten. Dann sah sie Maja schweigend an.

»Er wollte keine Verlängerung«, sagte Maja und schluchzte einmal laut auf. »Dabei dachte ich, wir könnten diesmal etwas wegen Kindern vereinbaren.«

»Man kann doch eine Beziehung nicht in einem Vertrag regeln«, erwiderte Susi.

»Es gibt immer einen Vertrag in einer Partnerschaft. Egal, ob man die Regeln offen anspricht oder nicht. Du zum Beispiel kochst und machst die Wäsche. Tom macht was? Den Müll rausbringen, wie du so schön gesagt hast? Auf jeden Fall ist das zwischen euch klar, oder? Es ist nicht möglich, keinen Beziehungsvertrag zu haben.«

Susi schien darüber nachzudenken. Dann nickte sie. »Ich verstehe, worauf du hinauswillst. Aber schriftlich fixiert bedeutet dann, dass es keine Nachverhandlungen gibt, bis die sieben Jahre um sind. Was, wenn sich die Bedürfnisse ändern? Ein schriftlicher Vertrag ist unflexibel und sperrig. Die Beziehung wächst nach sieben Jahren doch zwangsläufig aus ihm heraus, weil er sich nicht mit der Beziehung weiterentwickelt.« Sie tippte auf eine Stelle im Vertrag. »Wobei die Bettregeln die Spannung aufrecht erhalten. Die schaden sicher nicht.«

Maja nickte. »Was das angeht, lief es auch total super.«

»Warum will er denn nicht mehr? Hat er das gesagt? Auch wenn er das anscheinend nicht musste.« Susi las eine Stelle am Ende des Vertrags und zog dabei die Nase kraus. Dadurch zogen sich die Sommersprossen darauf so weit zusammen, dass sie fast wie ein einziger dunkler Fleck wirkten. Normalerweise brachte Maja dieser Anblick zum Lachen. Aber heute nicht.

»Er hat jemanden kennengelernt. Wenn es den Vertrag nicht gäbe, hätte er mich längst mit ihr betrogen, hat er gesagt.« Tränen kullerten aus Majas Augen über ihre Wangen.

Susi seufzte laut. »Also, unabhängig davon, wie schräg das mit dem Vertrag ist und wie du das Ende eurer Beziehung auch bezeichnest. Das hier ist eindeutig ein Fall von Trennungskummer.« Sie stand auf und begann, das Geschirr wegzuräumen.

Maja war zu erschöpft, ihr zu helfen.

»Lass stehen!«, sagte sie. »Ich mach das später weg.«

»Nein, ich erledige das. Leg dich hin! Du bekommst jetzt das volle Liebeskummerpaket.«

Eine halbe Stunde später saßen sie nebeneinander auf dem vom Müll befreiten Sofa in einem aufgeräumten Wohnzimmer und schauten fern.

Irgendwo hinten im Eisfach hatte Susi noch eine Packung Karamell-Brownie-Eis gefunden, das sie mit Löffeln bewaffnet niedermachten.

»Ein Beziehungsvertrag.« Susi schüttelte wieder den Kopf. »Hast du dir das aus dieser Serie abgeschaut?«

»Welche Serie? Nein, ich bin von selbst drauf gekommen.«

»Lass mich raten – es ging zuerst darum, wie viel er im Haushalt helfen muss und wie es im Bett abläuft?«

»So ähnlich. Aber wir haben ihn immer weiter ausgefeilt. Und mit dem Ergebnis waren wir eigentlich zufrieden.« Wieder füllten sich Majas Augen mit Tränen. »Das dachte ich jedenfalls. Ich fand das so fortschrittlich und irgendwie einfacher, weil man immer wusste, worauf man sich einstellen musste.«

Susi strich ihr über den Kopf. »So funktioniert das aber nicht.«

Maja wischte die Tränen weg. »Das sollte es aber.«

»Ich kann nicht fassen, dass ihr geregelt habt, wie oft ihr Sex habt und wie der abläuft.«

»Ja, das klingt jetzt etwas unromantisch. Aber irgendwie war es auch aufregend. Wenn er krank war, galt das nicht.«

»Und wenn du krank warst?«

»Ich konnte ja still liegen dabei.«

»Das klingt irre romantisch. Was noch?«

»Abwechselnd einkaufen, die Anteile an der Haushaltskasse, regelmäßige Kinobesuche und Abendessen. Einmal im Jahr Urlaub.« Maja seufzte. »Ich war glücklich damit. Sehr sogar.« Sie schnappte sich die Fernbedienung. »Was ist das für eine Serie? Gibt's die auf Netflix? Vielleicht finde ich heraus, was ich hätte besser machen können.«

»Wozu? Du lässt dich doch hoffentlich auf sowas nie wieder ein.«

Maja schnaubte. »Ich hab erst mal die Nase voll von Beziehungen. Wenn mir noch mal jemand unterkommt, dann muss er eine niet- und nagelfeste Vereinbarung unterschreiben.«

3

Zusammenriss

Fünf Phasen Liebeskummer? Von wegen. Maja würde es in dreien schaffen. Höchstens.

Vorahnung hatte sie sowieso ausgelassen. Und die Erstarrung hatte die Verhandlung übersprungen und war sofort der Wut gewichen, gleichzeitig mit der Akzeptanz. Verzweifelt würde sie auf keinen Fall mehr sein. Nein, Maja weigerte sich. Das hatte sie hinter sich. Basti war weg, ohne große Worte – das war der Zweck der Vereinbarung gewesen. Wenn er nach vorne blickte, konnte sie das erst recht.

Sie hatte ihre Arbeit vernachlässigt. Als selbstständige Webdesignerin war sie zum Glück keinem Boss Rechenschaft schuldig. Aber als sie zwei Wochen nach der Trennung ihre Mailbox das erste Mal öffnete, warteten neben neuen Projektanfragen auch etliche böse Mails auf sie, in denen an die rechtzeitige Erfüllung von Aufträgen erinnert wurde.

Einige Kunden ließen sich beschwichtigen, nachdem sie eine heftige Krankheit als Grund für ihre Abstinenz angab. Aber zwei Auftraggeber hatten inzwischen die Zusammenarbeit gekündigt. Keine gute Werbung für sie. Sie musste sich zusammenreißen und durfte nicht wegen Basti ihre Karriere ruinieren.

Sie schrieb aufrichtige Entschuldigungen und schob diesmal Familiennotfälle vor. Außerdem bot sie großzügige Rabatte für künftige Aufträge an. So hoffte sie, zumindest keine negativen Bewertungen einzufahren und weitere Kunden zu verlieren.

Von jetzt an würde sie sich vor allem auf ihre Arbeit konzentrieren. Sie erledigte in Rekordzeit sämtliche offenen Aufträge, erstellte Websites, pflegte bestehende und überarbeitete ihre eigene.

Nichts lief ohne ihre To-Do-Listen. Sonst verlor sie den Überblick. Sie arbeitete alles der Reihe nach ab, bis sie auf dem Laufenden war. Wenigstens kam sie nicht mehr dazu, allzu viel über Basti nachzudenken.

Allerdings hatte das Arbeiten von Zuhause auch einen Nachteil. Maja verließ die Wohnung kaum. Sie arbeitete von morgens bis abends und ließ sich Lebensmittel und Haushaltswaren nach Hause liefern.

Susi schaute regelmäßig vorbei, und irgendwann Ende November reichte es ihr.

»Du musst mal wieder raus«, ermahnte sie Maja. »Du hockst nur noch hier in der Bude und gehst nicht mehr unter Leute.«

»Ich habe alles, was ich brauche«, knurrte Maja.

»Nein, hast du nicht. Lass uns mal wieder ausgehen. Bitte! Jetzt kommt die Adventszeit. Die solltest du mit Freunden verbringen.«

Sie würde wohl nicht lockerlassen, bis Maja nachgab.

***

Maja hatte geahnt, dass es ein Fehler sein würde.

Sie hatte sich von Susi auf die Geburtstagsfeier von Dani mitschleppen lassen. In eine kleine Bar, die extra dafür gemietet worden war. Es gab kaltes Büffet und Getränke ohne Ende.

Maja plauderte mit Freunden, die sie lange nicht gesehen hatte, weshalb es sich fast normal anfühlte.

Doch dann kam Basti. Mit seiner Neuen, einer schlanken Rothaarigen mit einem umwerfenden Lächeln. Allerdings waren die Haare gefärbt und wirkten grell. Anders als bei Susi, deren Haare von Natur aus rot waren.

Bisher hatte Maja die beiden nur von Weitem angegafft. Doch jetzt kam Basti rüber.

Das war zu viel. Wie stand sie da? Allein und immer noch betroffen. Hoffentlich sah er ihr das nicht an!

Sie flüchtete zur Bar und stieß mit einem Typen zusammen. Dabei ergoss sich sein Drink über ihre Bluse.

»So eine Schiete!«, fluchte Maja.

»Tut mir leid!«, sagte der Typ. »Du warst plötzlich da.« Er sah sie aufrichtig bekümmert an.

Maja hatte ihn noch nie gesehen. Dabei bestand ihr Freundeskreis aus meist denselben Leuten. Der hier wäre ihr sicher schon mal aufgefallen. Er hatte grünblaue Augen und braunes Haar, das ihm vorne in die Stirn fiel. Er war kein Schönling, aber sah ungemein gut aus, mit seiner langen Nase und den schmalen Lippen.

»Kann ich das wiedergutmachen?«, fragte er. »Darf ich dir was ausgeben?«

Maja sah ihn mit gerunzelter Stirn an. »Einen ausgeben, wo die Getränke umsonst sind?«

Der Typ grinste schief und kratzte sich verlegen am Kopf. Ob er wusste, welche Wirkung das wohl auf Frauen haben musste?

Aber natürlich nicht auf Maja.

»Nee, danke!«, sagte sie und stürmte zu den Toiletten. Eine gute Gelegenheit, einen klaren Kopf zu bekommen.

Sie zog die Bluse aus und reinigte sie so gut, es ging. Wieder einmal stand sie vor einem Handföhn und trocknete etwas, bevor sie Basti gegenübertreten würde.

Nach einer halben Ewigkeit fühlte sie sich dem gewachsen und verließ mit halbwegs fleckenfreier Bluse den Waschraum.

Doch keine Spur von Basti.

Susi kam ihr entgegen. »Wo warst du denn?«

»Auf Klo«, antwortete Maja knapp. Darauf hätte Susi auch selbst kommen können. Doch die schien schon etwa angeheitert zu sein und schleppte Maja an die Bar.

»Basti ist weg«, sagte Susi. »Brauchst dich nicht verstecken.«

»Das tue ich doch gar nicht«, murrte Maja.

Jemand tippte ihr von hinten auf die Schulter.

»Alles wieder okay?«, fragte der Kleckertyp, als Maja sich zu ihm umdrehte. Dabei begutachtete er auffällig die Stelle auf Majas Bluse, an der der Fleck gewesen war.

Maja räusperte sich hörbar.

»Fertig mit Glotzen?«, fragte sie. Sie hatte erwartet, er würde wieder verlegen tun. Aber er grinste frech.

»Viel zu sehen, gibt es ja leider nicht«, sagte er.

»Was soll das denn heißen?«

»Wegen der Bluse«, setzte er schnell hinzu. Anscheinend war ihm die Doppeldeutigkeit seiner Bemerkung erst jetzt bewusst geworden.

»Wer bist du eigentlich?«, fragte Maja.

»Das erzähle ich dir gern bei einem Drink.«

»Nein, danke!«, erwiderte Maja und drehte sich um.

»Mann, der ist niedlich«, flüsterte Susi. »Warum hast du ihn abblitzen lassen?«

»Ich hab grad keine Lust auf eine Beziehung.« Maja drehte sich zur Seite und entdeckte den süßen Typen einige Meter weg im Gespräch mit ihrer Freundin Anke.

Hatte sie gerade gedacht, dass er süß sei?

Sie nahm das Glas, das Susi vor sie hingestellt hatte. Irgendeine blau-grüne Flüssigkeit.

»Wer redet denn von Beziehung?!«, fragte Susi. »Du kannst dich doch auch so amüsieren. Oder brauchst du zum Amüsieren auch Regeln?«

Maja seufzte herzhaft. »Das wäre doch mal was. Regeln fürs Kennenlernen und Anbandeln. Oder für flüchtige Affären.«

Susi schnaubte. »Als ob sich ein Kerl darauf einlassen würde.«

Maja nahm einen großen Schluck aus ihrem Glas. »Wenn nicht, wird das nix mit mir.«

Susi legte eine Hand auf ihren Arm. »Tu das nicht! Bau keine Mauer auf, nur weil du von einem Kerl enttäuscht wurdest.«

Maja schüttelte den Kopf. »Das ist es ja. Er hat mich nicht enttäuscht. Ich dachte, ich wäre gegen alles abgesichert, damit die Beziehung klappt. Es ging trotzdem nicht gut. Nun muss ich eben noch vorsichtiger sein.«

»Dann versuch es doch erst mal nur mit Spaß!« Susi deutete in die Richtung, in die der Typ nun verschwunden war. »Er ist ein alter Kumpel von Tom. Ich kann dir seine Nummer besorgen.«

»Nee, lass mal! Ich hab jetzt Spaß ohne Männer.«

Susi lachte. »Darauf stoße ich an. Prost!«

***

Spaß ohne Männer!, lautete also die neue Devise.

Doch dann würde Maja garantiert alt und einsam sterben. Definitiv! Sie hatte sieben Jahre an Basti verschwendet. Und der dreißigste Geburtstag war nicht so weit entfernt, wie sie es sich wünschen würde. Nicht einmal zwei Jahre.

Gesten Abend mit Susi und umringt von feiernden Menschen hatte sich alles leichter angefühlt.

Jetzt am Morgen so ganz allein im Bett sah die Sache anders aus. Vielleicht war diese ganze Beziehungsvereinbarungssache ein Fehler gewesen. Zeitverschwendung.

Vielleicht aber auch nicht.

Zeit für eine Pro-und-Contra-Liste!

Maja schlug schwungvoll die Bettdecke zurück und suchte ihren Notizblock.

Sie fand ihn im Wohnzimmer auf dem Couchtisch und begann zu schreiben.

Auf der Pro-Seite standen zunächst Sachen wie Verlässlichkeit, Berechenbarkeit, Ausgeglichenheit, Rücksichtnahme.

Doch als Maja zur Contra-Seite kam, wurde ihr bewusst, dass genau dieselben Dinge dorthin gehörten, allerdings als Verneinung. Am Ende hatte sie sich auf nichts verlassen können, was eigentlich der Sinn der

Vereinbarung sein sollte. Nichts war berechenbar gewesen, sonst hätte Maja mit dem Ende der Beziehung gerechnet. Ausgeglichen war es auch nicht gewesen, weil sie es anders empfunden hatte als er. Und so, wie er es einfach beendet hatte, war von Rücksichtnahme auch nicht viel zu merken.

Aber sie hatte kein Recht, sauer zu sein. Basti hatte getan, was sie vereinbart hatten. Warum war sie jetzt so betroffen?

Weil es ohne Vorwarnung gekommen war.

Wenn er die Nase voll von ihr hatte, warum hatte sie das nicht bemerkt? Er hatte ihr keine Chance gegeben, etwas zu ändern, ihre Beziehung zu optimieren. Sie waren sieben Jahre ein Paar gewesen. Und er hatte das einfach weggewischt, hatte bis zum Schluss vorgegeben, dass alles gut sei.

Scheißkerl!

Sie warf den Zettelblock in eine Ecke. Dann tat sie das, was überfällig war.

Alle seine Sachen mussten dran glauben. Selbst schuld, dass er sie so zurückgelassen hatte wie sie! Jetzt konnte sie damit tun, was sie wollte.

Oh, sie wünschte, sie hätte seine Klamotten auf einem großen Feuer verbrennen können. Das hätte gut getan.

Stattdessen stopfte sie alles in Müllsäcke, fuhr zur Müllverbrennung und entsorgte es als Sondermüll. CDs,

Anziehsachen, einen alten CD-Player, Gesellschaftsspiele, sogar Studienunterlagen – egal, das Studium hatte er ja hinter sich.

Wieder zu Hause räumte sie um. Das Sofa wollte sie schon immer näher beim Fenster stehen haben, mit einer Wand im Rücken. Und nicht so mitten im Raum. Das hatte Basti schick gefunden.

Das Schlafzimmer! Das Bett musste raus, sämtliche Bettwäsche und die Matratze. Und streichen würde sie auch alles neu.

Nur im Bad konnte sie nichts umräumen oder streichen. Es war durchgehend gefliest und die Decke war mit einem teuren Stoff bespannt. Den hatte Maja ausgesucht und sich gegen Basti durchgesetzt. Also durfte er bleiben.

Die Handtücher würde sie austauschen. Und die Waschlappen.

Erst einige Tage später saß Maja das erste Mal wieder friedlich auf dem Sofa und hatte das Gefühl, einen riesigen Ballast los zu sein.

4

Winter

Oh, du fröhliche

Die Vorweihnachtszeit verging zu schnell. Wie jedes Jahr.

Maja hatte sich eigentlich vorgenommen, das volle Programm auszukosten. Weihnachtsmusik an den Adventsmorgen. Glühwein und Eierpunsch zu Plätzchen am Nachmittag. Lesen auf der Couch. Und regelmäßige Weihnachtsmarktbesuche.

Doch der Dezember flog nur so an ihr vorbei. Sie hatte neue Aufträge und wollte so viele wie möglich vor den Feiertagen geschafft haben, um sich dann ein paar Tage Ruhe gönnen zu können.

Nur einmal schaffte sie es auf den Weihnachtsmarkt. Mit Susi.

Maja hatte keine Lust, bei dem nasskalten Wetter herumzuschlendern. Also quartierten sie sich sofort in einem der größeren Glühweinstände ein.

»Kommst du überhaupt mal raus?«, fragte Susi und musterte Maja besorgt.

Maja lächelte. »Falls du dich wunderst, weshalb ich so blass bin. Das liegt am deutschen Schietwetter. Meine Gesichtsfarbe sagt nichts darüber aus, wie oft ich rausgehe.«

»Und wie oft ist das?«

Seit Danis Geburtstagsfeier hatten sie sich nicht mehr gesehen. Das war ungewöhnlich. Maja traf sich eigentlich regelmäßig mit Susi. Die letzten zwei Wochen hatten sie sich auf Textnachrichten und einige kurze Telefonate beschränkt, in denen Maja nur kurz erklärte, irgendwohin nicht mitgehen zu können.

»Ich hab zu tun. Für Freizeit bleibt da nicht viel Raum.« Sie nahm einen großen Schluck Amaretto-Kakao und tat, als würde sie interessiert die Leute am Nachbartisch beobachten.

»Oh, oh!«, sagte Susi. »Tu das nicht!«

»Was denn?«

»Du riegelst dich ab. Ich hatte gesagt, hab ein bisschen Spaß. Dann bleibst du offen für alles. Und wenn du so weit bist, steht der Richtige vor dir.«

»Ph, der Richtige. Den gibt es nicht.«

Susis Augen begannen zu glänzen.

»Ja, außer Tom.« Maja stöhnte leise. »Für dich. Tom ist toll. Tom ist klasse.«

Susi und Tom waren ein absolutes Traumpaar. Jedenfalls was ihre Zuneigung füreinander anging. Maja hatte zwar immer gefunden, dass Tom mehr im Haushalt machen könnte, aber er liebte Susi. Da konnte Maja über sein typisches Rollenverhalten hinweg sehen.

»An Silvester sind es schon vier Jahre«, sagte Susi.

Maja holte tief Luft. »Wenigstens musst du nicht damit rechnen, dass er zum ersten Januar mit dir Schluss macht, weil euer Ablaufdatum erreicht ist.« Maja wollte, dass es wie ein Scherz klang. Aber selbst sie hörte die Verbitterung. Sie stellte ihren Becher hin. »Sag nichts! Ich hab selbst gemerkt, dass das verzweifelt klang.«

Susi kicherte. Dann wurde sie wieder ernst.

»Versprich mir, dass du jetzt nicht dicht machst! Du bist ein Beziehungsmensch. Du hast so viel zu geben. Lass nicht zu, dass deine Erfahrung mit Basti dich für andere Typen versaut!«

Maja zuckte die Schultern. »Ich mache nicht dicht.« Aber so leichtfertig würde sie trotzdem keine Beziehung mehr eingehen, setzte sie in Gedanken hinzu.

»Du kommst wegen Basti nicht mehr mit, stimmt's?« Susi knallte ihren Becher auf den Tisch. »Du darfst dich doch nicht von ihm aus dem Freundeskreis drängen lassen. Wir vermissen dich alle.«

Maja seufzte und starrte in ihren Becher. Erst als sie versprach, zur Silvesterfeier zu kommen, wechselte Susi das Thema und erzählte Klatsch und Tratsch ihrer gemeinsamen Freunde. Basti erwähnte sie nicht mehr.

Währenddessen arbeitete es in Maja. Ja, sie hatte sich aus dem Freundeskreis verdrängen lassen. Warum war sie auf Danis Geburtstagsfeier abgehauen wie ein Feigling?! Basti musste sich fühlen, als sei er der Größte. Maja hatte nicht den Schneid gehabt, ihm gegenüberzutreten.

Ob sie jemals wieder jemanden finden würde? Im Moment jedenfalls war ihr nicht danach. Wahrscheinlich würde ihr nie wieder danach sein. Heiraten war nicht ihr Ding. Und ohne Vereinbarung leben? Das konnte sie wahrscheinlich gar nicht.

Wenn sie von Basti einfach so verlassen worden wäre, ginge es ihr jetzt bestimmt noch viel schlechter. Es war besser, wenigstens ein bisschen die Kontrolle behalten zu können.

***

Maja war froh, als die Weihnachtsfeiertage kamen und sie mal aus der Stadt herauskonnte. Sie musste dringend räumlichen Abstand zwischen sich und ihr altes Leben mit Basti bringen.

Nach zwei Stunden war sie in ihrem kleinen, mecklenburgischen Heimatstädtchen angekommen.

Ihr Vater Hermann erwartete sie schon am Bahnsteig.

»Hallo Kleine!«, sagte er zur Begrüßung und lachte sein polterndes Lachen, das Maja immer an den Weihnachtsmann persönlich erinnerte. Von der Statur her hatte er aber wenig Ähnlichkeit mit dem dicken, weißhaarigen Mann. Er war einsneunzig groß und hatte breite Schultern.

Maja ließ sich von ihm drücken und hochheben.

»Ist Mike schon da?«, fragte Maja, als sie wieder festen Boden unter sich spürte.

Mike war ihr jüngerer Bruder. Ohne ihn war ein Besuch bei ihren Eltern schwer zu ertragen.

»Kam gestern schon an«, erwiderte Hermann.

Im Auto redete ihr Vater die ganze Zeit, erzählte vom Weihnachtsbaum, der mindestens doppelt so groß sei wie er, von der Gans, die er beim Bauern gekauft hatte, weil das »Tiefkühlzeugs« nicht so gut schmecke, und dem Glühwein, den er selbst zusammenmischen würde.

Maja hörte zu und genoss die Fahrt, während sie genau begutachtete, was sich in ihrer Heimatstadt alles verändert hatte, seit sie Ostern das letzte Mal hier gewesen war.

Mit Basti. Seitdem hatte es sich nicht mehr ergeben, hierherzukommen. Ihre Eltern waren im Herbst mal zu Besuch gewesen. Bevor Basti gegangen war.

Sie fuhren vorbei an hübsch geschmückten Häusern, die leider ihren vollen Glanz noch nicht entfalten konnten, weil es früher Nachmittag und somit noch hell war.

Maja nahm sich fest vor, im Dunkeln einen Spaziergang zu machen, um die Pracht genießen zu können.

Vor einem kleinen, gelb verputzten Häuschen hielten sie an. Hermann trug Majas Koffer zur Tür.

Bevor er aufschließen konnte, wurde sie von innen aufgerissen.

Majas Mutter Dora stand vor ihnen, die Hände in die Hüften gestemmt. Allerdings war sie klein und zierlich, weshalb die Geste sie kein bisschen einschüchternd wirken ließ.

»Du hast die Bauerngans gekauft«, rief sie. »Ich wollte die Hafermastgans.«

Irritiert sah Hermann sie an. »Wo ist der Unterschied?«

»Wo ist der Unterschied?«, äffte sie seinen Tonfall nach.

Maja seufzte. Toll, wieder daran erinnert zu werden, warum sie ihre Eltern so selten besuchte.

»Maja, Schätzchen!«, säuselte Dora nun an Maja gewandt. »Wie war die Fahrt?«

»Lang.« Maja gab ihrer Mutter einen Kuss auf die Wange.

Mike erschien hinter Dora und umarmte Maja zur Begrüßung.

Hermann trug den Koffer hoch in Majas Zimmer, verfolgt von seiner Frau. Die beiden diskutierten heiß das Gänsethema.

Mike warf Maja einen vielsagenden Blick zu, und Maja verdrehte die Augen. Alles wie immer.

***

»Was ist jetzt mit dir und Sebastian?«, fragte Dora. »Was ist passiert?«

Maja zuckte mit den Schultern und versuchte, nicht zu betroffen auszusehen.

Sie saßen zu viert am Esstisch im Wohnzimmer, bei Plätzchen, Lebkuchen und Punsch.

»Es hat einfach nicht mehr funktioniert«, antwortete Maja leise.

Dora schnaubte. »Ihr jungen Leute gebt bloß zu schnell auf.«

»Jetzt lass sie!«, brummte Hermann.

»Es ist doch wahr«, fuhr Dora aber fort. »Bei den kleinsten Problemen lauft ihr davon. Wenn ihr geheiratet hättet …«

Hermann stöhnte laut. »Haben sie aber nicht.«

»Ich hab immer gesagt, dass sie endlich heiraten sollen.« Dora war nicht davon abzubringen.

»Dann wäre sie jetzt vielleicht unglücklich«, wandte Hermann ein. »Sei froh, dass sie es nicht getan haben!«

Maja blickte zu Mike, der schweigend an einem Lebkuchen kaute und gar nicht zuzuhören schien. Wenn es nicht um Maja gegangen wäre, hätte sie auch längst abgeschaltet. Wie immer, wenn ihre Eltern stritten.

Draußen wurde es dunkel, und Maja stand auf.

»Ich geh spazieren«, sagte sie.

Mike erhob sich ebenfalls. »Ich begleite dich.«

So schnell sie konnten, zogen sie sich an und verließen das Haus.

***

»Wie läuft es beim Studium?«, fragte Maja, als sie einige Minuten schweigend nebeneinander die weihnachtlich erleuchtete Straße entlang gegangen waren.

»Alles bestens bei mir«, sagte Mike und griff nach Majas Hand. »Jetzt erzähl du mal in Ruhe, was zwischen dir und Basti vorgefallen ist!«

Maja erzählte von den letzten Wochen. Mike wusste von der Vereinbarung, die Maja und Basti hatten, wenn auch nicht jedes Detail. Aber er hatte sie immer unterstützt. Wobei er das immer tat, egal was Maja machte.

Er hatte selbst ihre Pläne unterstützt, sich beim Astronautenprogramm der USA anzumelden, auch wenn ihre Mutter die Idee »schwachsinnig« genannt hatte.

»Vielleicht hab ich es doch falsch angefangen«, sagte Maja. »Es fühlte sich so emotionslos an, als er mir verkündet hat, keine Verlängerung zu wollen. Aber die Vereinbarung bedeutete ja nicht, dass keine Gefühle im Spiel sind. Im Gegenteil, sie sollten dadurch bewahrt werden. Das geht in einer Ehe anscheinend nicht immer.«

»Ich verstehe dich«, sagte Mike.

Maja sah ihn zweifelnd an.

»Wir haben nicht gerade vorgelebt bekommen, wie eine funktionierende Ehe sein sollte.« Mike grinste zwar, aber Maja wusste, dass ihn die Streitereien zu Hause genauso nervten wie sie. »Jetzt versuchst du eben, einen anderen Weg zu finden.« Er drückte ihre Hand. »Lass dir nicht vorschreiben, was du zu tun hast! Du machst das schon.«

»Du redest wie ein alter Mann.« Maja lächelte.

»Quatsch! Ich gebe dir einen Rat, den du eigentlich von unseren Eltern hören solltest.« Mike blieb stehen und sah Maja ins Gesicht. »Du bist so wahnsinnig kreativ.« Er lächelte. »Ich bin zu verkopft. Der typische Mathematikstudent. Du hingegen bist ein Freigeist.«

Maja schnaubte leise. »Erzähl das mal meinen Freunden!«

Mike schüttelte den Kopf. »Du bist das beste von beidem. Keine kreative Chaotin, sondern eine organisierte Kreative.«

Maja biss auf ihrer Unterlippe herum. Mike traf es genau. Maja hatte schon als Kind gewusst, dass sie mal Naturwissenschaften studieren oder etwas Kreatives machen würde. Dass diese Kombination ungewöhnlich war, hatte sie während ihres Grafikstudiums gemerkt. Sie kam nie zu spät und blieb länger, wenn die anderen schon gingen. Und sie belegte so viele Zusatzkurse, wie sie konnte, auch in Wirtschaft. Schließlich war klar, dass sie wohl selbstständig arbeiten würde, und darauf wollte sie auch vorbereitet sein. Ihre Strukturiertheit hatte früher ihrer Kreativität geschadet. Umgekehrt bekam sie ohne Organisation nichts auf die Reihe.

»Das klingt, als sei ich ein Sonderling«, murrte sie. So fühlte sie sich oft.

»Kein Sonderling! Etwas Besonderes.« Mike tätschelte ihre Schultern. Dann drehte er sich wieder nach vorn und sie gingen weiter.

»Lass uns zum Haus der Sieberts gehen!«, sagte Mike und lachte. »Die haben dieses Jahr alles gegeben.«

Maja kicherte. »Wie viele Millionen Lichter haben sie diesmal?«

Mike zuckte mit den Schultern. »Ich weiß nur, dass man das Haus jetzt vom Weltall aus sehen kann.«

Vielleicht hätte Maja doch Astronautin werden sollen.

***

Heiligabend war stressig.

Am Vormittag war Baumaufstellen angesagt.

Dora wies Hermann mindestens eine Stunde lang an, den Baum anders hinzustellen, mal hierhin, mal dahin auszurichten.

Dabei stritten sie unentwegt, weil sie sich nicht einig wurden. Hermann rückte den Baum immer wieder zurück, wenn Dora gerade nicht hinsah. Irgendwann gab er zum Glück auf, und sie konnten mit dem Schmücken beginnen.

Natürlich war Christbaumkugelaufhängen eine weitere gute Gelegenheit, um sich in die Haare zu kriegen.

»Hier sind drei kleine, rote Kugeln ganz nah beieinander«, kreischte Dora und blickte Hermann böse an, der gerade drei grüne Kugeln in der Hand hielt, um sie offensichtlich ebenfalls dicht nebeneinander anzubringen.

Er wusste doch, dass Dora das nicht mochte.

Aber die beiden spielten ihr übliches Spiel.

»Ist doch egal«, rief Hermann zurück.

»Nein, ist es nicht. Es soll gleichmäßig verteilt sein.«

»Je, gleichmäßiger verteilt sie sind, umso weniger zufällig sieht es aber aus. Denn wenn man sie zufällig aufhängen würde, wären immer einige gleiche in unmittelbarer Nähe.«

»Glaubst, es kommt jemand und kontrolliert, ob wir sie zufällig oder mit voller Absicht so aufgehängt haben, dass sie gleichmäßig verteilt sind! Und apropos. Da hinten fehlen noch Kugeln.«

»Da ist die Wand. Keiner guckt den Baum von hinten an.«

»Trotzdem.«

Bei der Kartoffelsuppe zum Mittag ging es weiter.

»Da sind ja kaum Würstchen drin«, beschwerte sich Hermann.

»Du hast zu wenig gekauft«, erwiderte Dora. »Die reichen sonst für heute Abend nicht mehr.«

»Wir könnten doch heute Abend mal was anderes essen als schon wieder Kartoffeln und Würstchen.«

»Wir hätten auch heute Mittag etwas anderes essen können.«

»Will ich aber nicht.«

Die Diskussion kannte Maja schon. Ihr Vater bestand auf seiner Kartoffelsuppe am Mittag, wie es sie immer bei Oma gegeben hatte. Ihre Mutter hingegen fand nur Kartoffelsalat und Würstchen zum Abendessen an Heiligabend angemessen.

Der Kompromiss bestand aus zweimal Kartoffeln und zweimal Würstchen, wenn auch in unterschiedlicher Zubereitungsform.

»Du kannst ja gern noch was für dich einkaufen gehen«, giftete Dora. »Ich esse trotzdem meinen Kartoffelsalat.«

Bis zum Abendessen demonstrierten Majas Eltern, dass man sich wirklich über alles uneins sein konnte. Die Lage der Geschenke unter dem Baum, die Auswahl der

Gläser für den Glühwein, den Geschmack von Schokoladenkugeln.

Die beiden sollten sich vielleicht auch mal auf schriftliche Regeln einigen.

Maja würde jedenfalls niemals eine solche Ehe führen.

»Es ist schlimmer geworden«, stellte sie fest, als ihre Eltern kurz zusammen in der Küche waren, um sich nun auch noch darüber zu streiten, welche Nüsse besser schmeckten oder gesünder seien.

Mike nickte. »Seit ich zum Studium weg bin.«

»Meinst du, sie streiten sich auch so doll, wenn wir nicht dabei sind?«

»Ich hoffe doch nicht.«

»Ich auch.« Maja seufzte. Nein, niemals würde sie eine Ehe eingehen.

5

Silvester

Warum hatte sie sich überreden lassen, herzukommen? Sie konnte doch tun und lassen, was sie wollte. Was war denn gegen Silvester allein zu Hause einzuwenden? Weihnachten hatte sie genügend Gesellschaft gehabt.

Jetzt stand Maja hier mit einem Glas Sekt mit Mandarinen in der Hand und starrte Basti entgegen, seine kunstrothaarige Freundin an seiner Seite, die mal hierhin, mal dorthin lächelte.

Noch mal weglaufen, kam leider nicht in Frage. Dann wäre Majas letztes bisschen Würde dahin.

»Hallo!«, sagte Basti.

Was sollte das denn? Er begrüßte sie wie eine weitläufige Bekannte und nicht wie die Frau, mit der er sieben Jahre zusammen gewesen war.

»Hi!«, brachte Maja erstaunlich ruhig heraus.

»Wie geht es dir?«, fragte er jetzt und sah sie beinahe mitfühlend an. Oder wohl eher mitleidig.

»Gut«, erwiderte sie knapp.

In diesem Moment wandte sich die Rothaarige ihr zu.

»Hallo!«, sagte sie und lächelte freundlich.

Maja hätte sie vielleicht sympathisch gefunden, wenn sie nicht mit Basti hier gewesen wäre.

»Hallo!«, erwiderte Maja.

Das war jetzt genug. Sie wandte sich ab und überlegte krampfhaft, wohin sie sich wenden sollte. Es war eine öffentliche Feier in einem Lokal. Deshalb kannte sie die meisten Leute gar nicht. Doch irgendwo musste doch eine ihrer Freundinnen herumschwirren.

Jemand prostete ihr zu. Erst auf den zweiten Blick erkannte sie ihn. Es war der Typ, mit dem sie auf Danis Feier zusammengestoßen war.

Besser, als gar kein Ziel! Außerdem lächelte er sie an.

»Maja, warte!«, hörte sie in ihrem Rücken Basti sagen.

Von wegen! Damit er ihr seine Neue vorstellte?!

Rasch bewegte sie sich auf den Fremden zu.

»Hallo!«, sagte sie gespielt fröhlich und hoffte, Basti würde noch mitbekommen, wie egal er ihr war.

»Guten Abend!«, erwiderte der Typ. »Darf ich dir heute einen Drink spendieren oder bist du beschäftigt?« Er deutete auf einen Punkt irgendwo hinter Majas Rücken.

Ohne hinzusehen, wusste sie, dass dort Basti stand.

Sie lachte laut auf. Egal, ob es künstlich auf den Typen wirkte. Für Basti sollte es aussehen, als würde sie sich prächtig amüsieren. Sie packte den Typen am Arm und schlenderte mit ihm Richtung Tresen.

»Nein, ich will unbedingt etwas mit dir trinken«, sagte sie. Hoffentlich wirkte sie jetzt nicht gruselig mit ihrem aufgesetzten Lächeln!

»Ich bin übrigens Chris«, stellte der Typ sich vor.

»Maja«, sagte sie.

Die nächsten fünf Minuten verbrachte Maja damit, krampfhaft darauf zu achten, dass sie nach außen hin so aussah, als stünde der tollste Typ der Welt vor ihr.

Ihn schien es nicht zu stören. Er verwickelte Maja in ein Gespräch über das Wetter und Maja lachte, legte die Hand auf seinen Arm und hörte nicht zu.

Dann stutzte sie.

»Was hast du gerade gesagt?«, fragte sie.

»Dass es um Mitternacht ein Wetterleuchten geben soll«, erwiderte er ungerührt und beobachtete sie aufmerksam.

Maja runzelte die Stirn.

»Was?« Wollte er sie veräppeln?

»Wegen der Feuerwerke«, erklärte er langsam, als sei Maja begriffsstutzig. Dann lächelte er. »Ich wollte mal sehen, ob du mir wirklich zuhörst. Es ist offensichtlich, dass du auf etwas anderes konzentriert bist.«

Maja seufzte.

»Hartes Jahr?«, fragte er.

Maja nickte. »Das nächste kann nur besser werden.«

»Soll ich noch weiter übers Wetter reden? Oder über Wetterleuchten um Mitternacht?«

»Nicht nötig.« Maja lächelte matt. »Mit wem bist du hier? Du warst auf Danis Geburtstagsfeier. Dann kennst du doch jemanden, den ich kenne.«

»Tom und ich sind alte Studienkollegen.«

»Tom? Thomas Karmann?«

Chris nickte.

»Der Freund von Susi«, stellte Maja fest. Was hatte Tom gleich studiert? Er arbeitete bei einer Immobilienfirma im IT-Bereich.

»Hast du auch Dings studiert?« Maja runzelte die Stirn, damit Chris verstand, dass es ihr gerade nicht einfiel.

»Du meinst Informatik?« Chris grinste. »Ja, aber ich arbeite jetzt in einem anderen Bereich.«

»Schade. Jemanden, der sich mit Computern auskennt, kann man immer gebrauchen.«

»Du kennst doch Tom.«

Maja zwinkerte. »Besser, man kennt zwei. Dann kann man seine blöden Fragen aufteilen. Oder man fragt den einen nur die ganz dummen Sachen, den anderen die etwas intelligenteren. Dann steht man nicht ständig als Idiot da.«

»Das setzt aber voraus, dass man weiß, welche Fragen einen als Idioten outen.«

Maja lachte. Chris war echt süß. Seine Augen leuchteten hin und wieder, wenn er sprach. Und dieses verschmitzte Grinsen hatte auch einen gewissen Charme. Wenn sie nicht gerade erst beschlossen hätte, keine Beziehung mehr zu haben, hätte sie ihn vielleicht ganz nett gefunden.

Doch ihr Vorsatz für das neue Jahr stand fest: keine Männer! Niemals wieder. Wenn Kinder, dann alleine. Sie hatte schließlich einen guten Job, den sie von zu Hause ausüben konnte.

Irgendwo begannen Leute von zwanzig runterzuzählen. Maja sah auf die Uhr. Es war gleich Mitternacht.

»… 15 … 14 …«

Wo war Susi? Maja stand hier ganz allein zwischen lauter Fremden. Und Chris. Mit wem sollte sie anstoßen?

»… 10 … 9 … 8 …«

Hektisch blickte sie sich nach bekannten Gesichtern um. Dann sah sie eins. Oder sogar zwei. Einige Meter entfernt stand Basti, umschlungen von seiner Neuen.

Gleich würde Maja zuschauen müssen, wie sie auf ein glückliches neues Jahr anstießen. Während sie hier herumstand und die beiden anstarrte.

»Prost Neujahr!«, riefen die Leute um sie herum.

Chris stand dicht neben ihr und hob zögernd sein Glas.

Maja stieß mit ihm an.

»Auf dass das neue Jahr besser wird«, rief Chris über den Lärm hinweg und beugte sich vor, um sie wohl kurz zu umarmen. Vielleicht wollte er ihr auch einen Kuss auf die Wange geben.

Auf jeden Fall ging etwas schief. Maja bewegte in diesem Moment ihren Kopf und ihre Lippen trafen sich.

Seltsamerweise unternahm keiner von ihnen etwas dagegen und so küssten sie sich.

Ein Kribbeln durchfuhr Majas Bauch und krabbelte in ihren Hals, um weiter den Rücken hinabzuwandern.

Dann war es vorbei. Wie lange hatte der Kuss gedauert?

Chris lächelte sie an und Maja konnte nicht anders, als zurückzulächeln.

Bis ihr Gehirn wieder funktionierte. Sie war doch eben noch dabei gewesen, Männern ewig abschwören. Jedenfalls für eine gewisse Zeit. Doch sie hatte nichts Besseres zu tun, als sich den Nächsten anzulachen, den sie nur deshalb zufällig an der Backe hatte, um vor ihrem Ex nicht blöd dazustehen.

Der war übrigens irgendwo in der Menge verschwunden, ohne sich weiter um Maja zu kümmern.

Sie wollte eine Ausrede erfinden, um sich von Chris loszueisen.

Doch plötzlich ging die Musik aus.

Irgendwo sprach jemand laut, und einige Gäste klatschten und jubelten.

Maja folgte den Blicken der anderen und sah Tom, der vor Susi kniete.

»Ich möchte dieses Jahr sofort mit einem Knall beginnen«, rief er gerade und hielt Susi eine Schachtel hin.

Susi schlug die Hände vor den Mund, während er die Schachtel öffnete und einen Ring zum Vorschein brachte.

»Susanne Hofmann«, rief er laut. »Willst du meine Frau werden?«

»Ja!«, rief Susi und fiel ihm in die Arme.

Alle grölten und klatschten nun. Die Musik ging wieder an und spielte Bruno Mars‘ »Marry you«.

»Das nenne ich doch mal einen guten Vorsatz«, sagte Chris neben Maja und schaute zum frisch verlobten Paar.

»Ja, Prost!«, sagte Maja und kippte den restlichen Sekt in ihrem Glas hinunter. Samt Mandarinen.

Susi hatte inzwischen ihren Ring aufgesetzt und sah sich suchend um. Als sie Maja entdeckte, eilte sie auf sie zu und strahlte ihr entgegen. Da musste man sich ja mitfreuen. Maja nahm ihre Freundin fest in die Arme.

»Ich freue mich so für dich«, wisperte sie in Susis Ohr, und Susi gab ihr ein Küsschen auf die Wange, bevor sie weitere Glückwünsche entgegennahm.

Wenn es Susi glücklich machte, sollte sie eben heiraten. Für Maja war das definitiv nichts.

Sie bemerkte, dass Chris sie von der Seite beobachtete.

»Ich gehe jetzt«, sagte Maja zu ihm. »Tschüss!«

»Warte!«, rief Chris. »Gibst du mir deine Nummer?«

»Wofür?«

»Vielleicht hast du ja mal Lust, mit mir etwas zu unternehmen.«

Maja schüttelte den Kopf. »Nein, danke!« Mit diesen Worten ließ sie ihn endgültig stehen. Aber sie sah noch kurz sein Lächeln und das Blitzen in seinen Augen, bevor sie sich wegdrehte.

Nein, sie wollte ihn auf keinen Fall wiedersehen.

6

Neues Jahr

Eine viertel Stunde war Susi inzwischen überfällig. Maja wartete in dem Steakhouse am Tresen und starrte zur Tür, als könnte sie Susi mittels Gedankenkraft herbeirufen. Bestimmt konnte sie sich nicht von Tom loseisen, ihrem Verlobten.

Die Arme! Nun würde sie den vorbestimmten Weg gehen – Hochzeit, Kinder, Tage, die man nicht zählt. Viele solcher Tage!

So wollte Maja auf keinen Fall enden. Wenn sie sich noch mal auf jemanden einließe, dann nur zu ihren Bedingungen. Und die lauteten: keine Hochzeit, dafür feste Regeln.

Ihr Handy brummte. Eine Nachricht von Susi.

»Bahn hat Verspätung.«

Seufzend legte Maja ihr Handy auf den Tresen.

Seit Neujahr hatte sie Susi noch gar nicht in Ruhe sprechen können. Das war über eine Woche her. Maja war Freundin genug, um Susi zu gönnen, sich mit ihrer besten Freundin über ihre Hochzeitspläne unterhalten zu können. Sie war bestimmt total aus dem Häuschen und würde Majas ruhige Art brauchen, um die nächsten Monate durchzustehen. Denn dass Susi noch in diesem Jahr heiraten würde, stand außer Frage.

»Na, versetzt worden?«, fragte eine Stimme neben ihr.

Es war der Typ von neulich. Chris! Seine grünblauen Augen waren unverkennbar. Er trug einen dunklen Mantel und sah sehr elegant aus. Ob er hier verabredet war? Toll! Dann musste Maja dabei zuschauen, wie er mit einer anderen flirtete. In den letzten Tagen hatte sie hin und wieder an das Kribbeln gedacht, das der eher zufällige Kuss in ihr ausgelöst hatte.

»Nein, wird nur später«, erwiderte Maja und wandte sich ab.

»Du weißt, ich bin für ein Date zu haben.«

Maja sah sich suchend um.

»Wo ist deins heute Abend?«, fragte sie.

»Ich war mit einem Kollegen hier«, erklärte Chris. »Ich hab dich beim Rausgehen gesehen und wollte noch schnell Hallo sagen.«

Maja nickte und rang sich ein Lächeln ab. »Hallo!«, sagte sie dann. Eigentlich hatte sie sich abwenden wollen. Aber etwas in seinem Blick hielt sie fest. Wie neulich an Silvester. Verdammt! Er gefiel ihr!

»Was muss ich tun, damit du mit mir ausgehst?«, fragte er. Wieder diese Augen!

»Weißt du, ich lasse mich nur mit jemandem ein, wenn er bereit ist, mit mir schriftliche Regeln zu vereinbaren.« Warum sagte sie ihm das?

Er runzelte die Stirn und grinste. »Dein Ernst?«

»Und ob.«

Das Grinsen verschwand und er musterte sie aufmerksam. Dann erschien ein verschmitztes Lächeln auf seinem Gesicht, während er seinen Blick von ihrem Gesicht ihren Körper entlang abwärts gleiten ließ. Ganz langsam. Unverhohlen betrachtete er ihr Dekolleté, ihre Taille, schaute kurz demonstrativ auf ihren Hintern.

Majas Bauch kribbelte angesichts dieser Begutachtung, obwohl es eigentlich ziemlich unverschämt war. Aber irgendwie auch süß.

Schließlich blickte er ihr wieder in die Augen, nahm ihre rechte Hand in seine und sagte: »Einverstanden!«

Maja brauchte ein paar Augenblicke, bis sie verstand.

»Womit? Mit einer Vereinbarung?«

Er nickte übertrieben. »Das klingt sehr spannend. Was steht denn in so einer Vereinbarung?«

Maja stutzte. Sie hatte gedacht, sie würde ihn so los. Auch wenn er süß war, hatte sie noch keine Lust auf Dates. Sie wusste ja noch nicht einmal, ob und wie sie sich eine künftige Beziehung vorstellte. Mit Vertrag oder ohne?

»Du hast mich doch veralbert«, sagte er.

»Nein, keineswegs, nur habe ich für diesen Fall hier«, sie wies auf ihn und dann sich, »noch kein Muster.«

»Ist es nicht immer dasselbe Muster?«, fragte er. »Er trifft sie und bittet um ein Date.«

Maja lächelte. »Du hast Recht. Kino am Freitag. Wir treffen uns um sechs, damit wir die Einzelheiten unserer Vereinbarung vorher absprechen können.« Keine Ahnung, wie die aussehen sollte, aber die Blöße wollte sie sich jetzt nicht geben.

Chris legte den Kopf schief. »Obwohl es eher wirkt wie eine geschäftliche Verabredung, klingt es verdammt aufregend. Ich bin gespannt, was genau du regeln möchtest.« Er beugte sich vor und flüsterte in ihr Ohr. »Da sind doch aufregende Sachen dabei, oder?«

Majas Nackenhaare stellten sich auf. Ein neues Kribbeln fuhr ihren Rücken hinunter, sodass sie sich schütteln musste.

Er nahm ihr Handy vom Tresen und tippte etwas ein.

»Meine Nummer«, sagte er und verschwand nach draußen.

Noch während Maja ihm hinterherstarrte, erschien Susi in der Tür. Völlig abgehetzt sprintete sie zum Tresen.

»Sorry, zu spät!«, sagte sie und umarmte Maja. »Da war übrigens gerade dieser alte Freund von Tom.«

***

»Ich bin schon viel zu spät dran«, sagte Susi, als sie endlich an ihrem reservierten Tisch saßen. »Ich wollte eine Juni-Hochzeit. Aber das Schloss war nur am 28. Juli noch frei.«

»Das ist doch schön. Mitten im Sommer.«

Susi seufzte. »Aber ich habe noch so viel zu tun. Du hilfst mir doch, oder? Du bist meine Trauzeugin. Und du bist super im Listenschreiben und Organisieren.« Susis Kopf lief rot an, wie immer, wenn sie aufgewühlt war. Zusammen mit ihren Haaren wirkte sie wie ein einziger roter Fleck.

Schnell umarmte Maja ihre Freundin. »Natürlich helfe ich dir. Ich kümmere mich um die Listen und Zeitpläne und helfe dir bei der Organisation.«

Susi drückte Maja einen Kuss auf die Wange. »Du bist die Beste. Wann legen wir los?«

Maja lächelte. »Am besten sofort.«

»Sofort?«

»Na, ein paar Sachen werden uns wohl schon gleich einfallen, die zu erledigen sind.«

Susi schaute gequält. »Ich hab die letzten Tage damit verbracht, eine Location und einen Termin zu finden. Heute Abend will ich einfach mal in Ruhe essen und von meiner Traumhochzeit erzählen, ohne gleich konkrete Planungen durchführen zu müssen.«

»Okay. Dann mache ich in Ruhe eine Liste und wir treffen uns die nächsten Tage zur Besprechung.«

Susi atmete erleichtert auf.

»Jetzt erzähl mir mal von deiner Traumhochzeit!«

Susi plapperte von allerlei romantischen Sachen, verwarf aber einige sofort. Sie erwog tatsächlich Tauben vor dem Standesamt. Aber Maja erinnerte sie an den Taubendreck – und die Szene in der einen Serie, in der die Tauben in der Torte steckten und einige von ihnen mehr oder weniger zerhackt wurden.

Eine Kutsche zog Susi natürlich auch in Betracht, doch Trauung und Feier würden auf demselben Schlossgelände stattfinden. Also, war das rausgeschmissenes Geld.

Als Maja ihr dann auch noch die selbstgeschriebenen Ehegelübde madig machen wollte, seufzte Susi.

»Wenn ich jetzt sage, wie ich mir eine perfekte Ehe vorstelle, findest du auch noch Fehler, oder?«

Maja zuckte mit den Schultern.

»Tut mir leid! Ich bin zurzeit wohl sowas wie ein Beziehungs-Grinch.« Sie sah Susi entschuldigend an. »Aber ich werde mich für dich zusammenreißen und alles so planen, wie du es willst.«

Susi grinste. »Doch wenn du etwas doof oder überflüssig findest, darfst du es ruhig sagen. Du musst sogar. Ich brauche jemanden, der mich auf den Boden holt, wenn ich abhebe. Auf Tom brauche ich da nicht zählen. Der hebt grad genauso ab.«

»Ihr seid ein tolles Paar«, sagte Maja.

Waren sie und Basti auch so gewesen? So füreinander bestimmt? Gab es das überhaupt? Oder nur für bestimmte Menschen wie Susi, die sich mit Haut und Haaren auf jemanden einlassen konnten?

Irgendwie war es schon irre, dass ausgerechnet Maja die Hochzeit vorbereiten sollte, obwohl sie die Ehe als Institution ablehnte.

Mike hatte Recht. Das lag zum einen am schlechten Beispiel ihrer Eltern. Aber auch sonst stellte eine Ehe in ihren Augen eine Frauenbenachteiligung dar.

Doch das würde sie auf keinen Fall jetzt mit Susi besprechen.

7

Die Verabredungsvereinbarung

Er wartete bereits auf sie, als Maja um kurz vor sechs das Bistro betrat. Den Treffpunkt hatte sie per Kurznachricht vorgeschlagen. Das Kino war gleich gegenüber.

Chris hatte noch Andeutungen zu ihrer Verabredung geschrieben – ob sie wirklich ins Kino gehen würden oder ob das noch von der Vereinbarung abhinge – aber Maja hatte nur ein Emoji eines Affen, der sich den Mund zuhält, geschickt, woraufhin Chris nicht mehr antwortete.

Ein Teil von Maja hatte erwartet, dass er gar nicht kommen würde, weil es ihm doch zu schräg wurde.

Aber nein, dort saß er, lächelte, als er sie erblickte, und erhob sich, um ihr einen Stuhl zurechtzurücken.

»Danke!«, sagte Maja und setzte sich.

Sofort erschien ein ziemlich junges Mädchen, bestimmt eine Schülerin, die hier als Kellnerin aushalf, und fragte nach ihrer Bestellung.

Chris hatte einen Cappuccino vor sich stehen.

»Tee mit Honig«, orderte Maja. »Bei dem Wetter brauche ich was Warmes, das den Hals verwöhnt.«

Chris' Blick wanderte zu ihrem Hals, den sie inzwischen von dem weinroten Schal befreit hatte, und unwillkürlich fragte Maja sich, ob Chris das mit dem Hals verwöhnen missverstanden hatte. Sein Blick war jedenfalls nicht zurückhaltend.

Maja räusperte sich und zog einen Stapel zusammengehefteter Zettel hervor.

Chris' Aufmerksamkeit richtete sich sofort darauf.

»Das ist viel Papier«, kommentierte er.

»Wir haben aber noch jede Menge Zeit, alles durchzugehen«, erwiderte Maja und sah ihn herausfordernd an.

»Das ist doch nicht etwa deine Art, mir zu sagen, dass du mich loswerden willst?« Er sah jetzt ziemlich ernst aus. »Sag lieber gleich, wenn du keine Lust hast, mit mir auszugehen.«

Maja seufzte. »Ich gehe sehr gern mit dir aus, wenn du bereit bist, einige Regeln zu beachten.«

»Regeln, die ich einhalten kann? Geld ist hoffentlich nicht im Spiel.« Er wackelte mit den Augenbrauen, sodass Maja zwangsläufig lächeln musste.

»Das Wort Geld kommt darin nicht vor. Mir geht es nur darum, gleich einiges klarzustellen. In meiner letzten Beziehung habe ich gute Erfahrungen damit gemacht.« Jedenfalls zunächst.

Chris zog die Augenbrauen hoch. »Ihr seid aber nicht mehr zusammen?«

Maja schüttelte den Kopf. Dann nickte sie. Wie antwortete man doch gleich auf eine verneinende Frage?

»Wir sind nicht mehr zusammen«, sagte sie schnell.

»Was hat die Vereinbarung dann gut gemacht?«

Maja seufzte. »Sie war befristet, und nach Ablauf der Zeit haben wir beschlossen, dass wir sie nicht verlängern wollen.«

»Das klingt aber irgendwie … unromantisch. Als ob ihr schon früher hättet auseinandergehen sollen und nur auf den Fristablauf gewartet hättet.« Er musterte Maja eingehend.

Maja senkte den Blick und blinzelte das Wasser in ihren Augen weg.

»Oh«, sagte Chris. »Die Nichtverlängerung war wohl einseitig.«

Maja nickte und schluckte den Kloß hinunter. »Aber ich versuche, es positiv zu sehen. Wegen der Vereinbarung hat er mich nicht betrogen, sondern erst etwas mit seiner neuen Freundin angefangen, als mit uns Schluss war.«

Chris schwieg einen Moment und musterte Maja wieder eingehend.

»Dann zeig mal her!«, sagte er schließlich.

»Diese Regeln gelten erst mal nur für die Date-Phase. Und je nach Bedarf wird die Vereinbarung erweitert.«

»Wie viele vor mir haben sowas schon unterschrieben?«

»Keiner. Du bist der Erste.«

Chris runzelte die Stirn. »Muss eine harte Trennung gewesen sein. Siehst du ihn noch?«

Maja zuckte mit den Schultern. »Lässt sich manchmal nicht vermeiden. Wir haben denselben Freundeskreis. Ich hab aber kein großes Bedürfnis, mit ihm zu reden.«

»War das der Typ an Silvester?«

Maja nickte.

»Du hast mit mir geredet, um ihm eins auszuwischen?«

Wieder nickte Maja. Sofort wurde ihr klar, dass sie einen Fehler machte.

Chris' Gesichtsausdruck verfinsterte sich.

»Zuerst«, sagte sie schnell. »Dann habe ich mich gern mit dir unterhalten. Und als wir uns geküsst haben, da hat es bei mir irgendwie Klick gemacht.« Boah, sie präsentierte sich ihm aber jetzt wirklich auf einem Silbertablett.

Doch es wirkte. Chris nickte, und sein Gesicht entspannte sich.

Er nahm die Papiere und las sie durch. Seinen Gesichtsausdrücken sah Maja deutlich an, welche Klausel er gerade durchlas. Er wechselte von Überraschung zu Erstaunen und schließlich zu amüsiert.

»Zweimal Abendessen, dann zweimal freie Auswahl. Vier Dates.« Er nickte anerkennend. »Das ist doch mal eine Ansage. Sogar die Tage hast du schon festgelegt. Dann weiß ich, woran ich bin.«

»Vielleicht schaffst du es gar nicht bis zum vierten Date.«

»Ich werde mich ins Zeug legen.« Er sah ihr direkt in die Augen, auf ihren Mund, tiefer.

Irgendwie war es ganz schön aufregend.

»Du hast wirklich an alles gedacht. Eine Sache wäre da noch. Kein Kuss beim ersten Date?«

Maja nickte.

»Du hast mich schon geküsst. An Silvester.«

»Das war kein Date.«

»Dafür hast du wohl keine Vorschriften. Das heißt, du kannst auch spontan sein.«

»Natürlich kann ich das. Aber wer mehr möchte als einen Abend, muss sich an bestimmte Regeln halten.«

Chris tat, als würde er überlegen.

»Wenn ich also nur eine Nacht mit dir wollte, bräuchten wir keine Vereinbarung?«, fragte er und wackelte mit den Augenbrauen.

Jetzt maß Maja ihn von oben bis unten. Als Revanche.

»Ich weiß nicht, ob du der richtige Mann für eine Nacht bist«, sagte sie und grinste dann. Kurz überlegte sie, ihren Blick auffällig an seinem Schritt entlanggleiten zu lassen. Aber dabei wäre sie vermutlich puterrot geworden.

Er lachte.

»Bestimmt nicht«, sagte er dann. »Ich hoffe sehr, dass dir eine Nacht mit mir nicht reichen würde.«

Majas Wangen wurden jetzt doch heiß. Ganz schön forsch!

»Wir werden sehen«, sagte sie. »Wenn du dich darauf einlässt.«

Er nickte. »Das ist mal etwas anderes. Ich bin dabei.« Er hielt ihr seine rechte Hand hin. Maja schlug ein.

***

Einen Liebesfilm später brachte Chris sie zur Bahn.

Viel Gelegenheit für weitere Gespräche hatte es während des Films nicht gegeben. Dafür jede Menge Blicke und kurzes Händchenhalten. Der Film hatte erstaunlicherweise einige schreckhafte Stellen gehabt.

»Wie lange lief deine letzte Beziehungsvereinbarung?«, fragte Chris jetzt.

»Länger.«

»Wie lange? Länger als ein halbes Jahr?«

Maja nickte.

»Länger als ein Jahr?«

Maja biss auf ihrer Unterlippe herum.

»Länger als ein Jahr! Zwei? Wie viele Jahre?«

»Sieben?«

Chris keuchte. »Sieben?« Er kratzte sich am Kopf.

Jetzt hatte er die Nase voll. Definitiv! Doch er schwieg.

Auch Maja wagte nicht, etwas zu sagen.

»Gibt es einen bestimmten Grund dafür, dass du auf so einer Vereinbarung bestehst?«

»Ich fand es mit Anfang zwanzig irgendwie witzig und aufregend. Emanzipiert. Ich will nicht als abhängige Ehefrau enden. Als Ehefrau bin ich in vielen Gebieten benachteiligt.«

»Willst du mir damit sagen, dass du niemals heiraten willst?«

»Nein. Ich weiß nicht. Ja.«

»Ja was?«

»Ich will nie heiraten. Also, wenn du eine Ehefrau suchst, bist du bei mir falsch.«

Er sagte nichts, sondern lächelte nur so vor sich hin.

Sie erreichten die U-Bahn-Station.

»Zählt das heute eigentlich schon als erstes Date?«, fragte Chris.

»Ich denke nicht. Wir haben ja eigentlich nur besprochen, wie es weitergeht.«

»Ist es nicht typisch für eine erste Verabredung, sich einfach nur zu unterhalten und etwas übereinander zu erfahren? Was mich angeht, habe ich jetzt eine Menge über dich erfahren.«

»Ach ja? Und was?«

»Du hast gern die Kontrolle über alles, bist aber kreativ genug, originelle Lösungen zu finden. Und du gruselst dich sogar vor Liebesfilmen.«

Maja sah ihn lächelnd an und überlegte. Dann nickte sie.

»Du hast es ziemlich gut erfasst.«

***

Im Gegensatz zu Maja hatte Susi jedoch vor zu heiraten. Und zwar bald.

Wie versprochen hatte Maja sich voll der Sache angenommen und Vorbereitungslisten aus dem Internet zusammengesucht, um für Susi und Tom einen ganz individuellen Plan zu erstellen. Den wollten sie nun an Majas Küchentisch durchgehen.

»Hier ist die Liste«, sagte sie und drückte Susi einen DIN A4-Zettel in die Hand, der vorne und hinten mit Wörtern in kleiner Handschrift beschrieben war.

Susi überflog die Liste und rieb sich über die Stirn. Ihr Gesicht wurde wieder gefährlich rosa.

Maja riss ihr schnell den Zettel aus der Hand.

»Keine Angst! Das schaffen wir alles. Ich habe einen genauen Zeitplan.« Maja reichte Susi einen Taschenkalender.

Susi beäugte ihn von allen Seiten und blickte Maja fragend an.

»Da stehen alle Termine drin«, erklärte Maja. »Ich schicke dir die Termine noch aufs Handy. Aber ich habe sie auch gern auf Papier bei mir.« Sie zog einen zweiten Kalender hervor. »Dann kann man mal spontan Notizen machen oder Ideen dazu notieren. Das hab ich auf dem Handy noch nicht so raus. Außerdem ist der Zeitraum visueller, wenn man Seiten umblättern kann.«

Susi sah Maja unentwegt an und nickte hin und wieder. Ihre Gesichtsfarbe war wieder etwas normaler.

»Also, hier die Gesamtliste.« Maja hielt wieder den ersten Zettel hoch. »Dort die Termine.« Sie blätterte kurz ihr Exemplar durch, sodass Susi mit hineinschauen konnte. »Sieht doch gar nicht mehr so viel aus, oder?«

Susi seufzte auf und nickte dann.

Maja tätschelte ihre Hand. »Wir schaffen das. Ich helfe dir. Wie du selbst gesagt hast – ich bin die Königin der To-Do-Listen.«

Susi kicherte. »So hab ich das aber nicht gesagt.«

Maja hielt triumphierend ihren Kalender hoch. »Wenn das geschafft ist, Süße, wirst du mich so nennen.«

»Es gibt wohl nichts, was du nicht in Form bringen kannst.« Susi lächelte Maja herausfordernd an.

»Solltest du dir auch überlegen«, entgegnete Maja ungerührt.

Susi grinste. »Das mit den Bettregeln habe ich Tom schon vorgeschlagen. Dafür war er natürlich sofort zu haben.«

»Ja, das zieht als Argument immer.«

»Und wie läuft es mit Chris?«

»Gut«, erwiderte Maja knapp.

Susi schüttelte sie am Arm. »Jetzt erzähl schon! Deine Augen leuchten, wenn sein Name fällt. Jetzt will ich Details.«

Maja fasste das erste Treffen zusammen und streute auch einige Feinheiten ihrer Dating-Vereinbarung ein.

Susi schüttelte den Kopf. »Dass er sich darauf einlässt. Wie lange willst du das diesmal machen? Auch sieben Jahre?«

»Erst mal nur die ersten Dates. Dann sehen wir weiter.«

Susi blickte sie entgeistert an, als hätte sie einen Scherz gemacht.

»Du willst doch nicht mit ihm die gleiche Nummer durchziehen wie mit Basti, oder? Das hat dir auch kein Glück gebracht.«

»Das sehe ich anders. Statt mich zu betrügen und zu riskieren, dass ich mich mit irgendwas bei ihm anstecke, hat er gewartet, bis die Vereinbarung ausgelaufen ist. Und jetzt ist es eben vorbei. Es war meine Schuld, über die Vertragslaufzeit hinaus geplant zu haben.«

»Du redest, als würde es um eine juristische Geschäftsangelegenheit gehen«, schimpfte Susi. »Was, wenn er seine Neue schon vor drei Jahren kennengelernt hätte. Hätte er dann auch gewartet, bis der Vertrag ausgelaufen ist?«

Maja biss auf ihrer Unterlippe herum. Das hatte sie sich natürlich auch schon gefragt. Wie konnte sie verhindern, dass so etwas mit Chris passierte? Wenn es denn mit ihm überhaupt was Ernstes wurde.

Susi legte eine Hand auf Majas Unterarm und streichelte sanft darüber. »Es gibt keine Garantie dafür, dass dein Herz heil bleibt«, sagte sie, als habe sie Majas Gedanken erraten. »Egal, wie durchdacht und gewieft dein neuer Vertrag mit Chris auch wird.«

Zum Glück klingelte es in diesem Moment an der Tür. Susis Schwestern kamen, um bei den Vorbereitungen zu helfen.

Kathi, die älteste der Schwestern war bereits verheiratet. Susis kleine Schwester Lilly war erst siebzehn. Obwohl sie alle drei unterschiedliche Haarfarben hatten – Kathi war braunhaarig, Lilly blond – verrieten dieselben braunen Augen und die Gesichtszüge, dass sie Geschwister waren.

»Meine drei Liebsten«, konstatierte Susi und bestand darauf, mit Sekt – und Apfelsaft für Lilly – den Auftakt der Hochzeitsvorbereitungen zu feiern.

»Da haben wir ja einiges vor«, kommentierte Kathi die Liste und lachte.

»Tom hat gesagt, ich bekomme alles, was ich will. Und ich möchte das volle Programm. Tortenverköstigung, Probeessen, ein Brautkleid-Event. Alles. Und gleiche Kleider für meine Brautjungfern Schrägstrich Trauzeugin.« Sie deutete nacheinander auf Kathi, Lilly und Maja.

Lilly klatschte begeistert. »Oh, ja! Brautjungfer. Das wird eine Traumhochzeit.«

Kathi verdrehte gekünstelt die Augen. »Du hast zu viele amerikanische Filme gesehen.«

»Allerdings«, stimmte Susi zu. »Und ich will es genauso.«

»Dein Wille ist uns Befehl«, sagte Kathi und warf ihrer Schwester einen Kuss zu. »Also, was steht an?«

Die nächsten zwei Stunden drehten sich um Save-the-date- und Einladungskarten, den DJ, Blumen, die Hochzeitstorte, Flitterwochen und das Brautkleid. Sie teilten die Aufgaben untereinander auf und verabredeten sich zu wöchentlichen Meetings, um den Stand der Vorbereitungen zu besprechen. Mit weniger wäre Susi auch nicht zu beruhigen gewesen. Zum Glück kannten ihre

Schwestern sie genauso gut wie Maja und akzeptierten alles ohne Murren.

Zum Abschied drückte Susi sie alle nacheinander. »Ohne euch wäre ich aufgeschmissen. Ich bin euch so dankbar.«

»Als Dank kannst du mich den Namen deines ersten Kindes aussuchen lassen«, sagte Lilly.

»Auf keinen Fall!«, sagte Susi sofort und schob Lilly hinaus.

»Dann stimmen wir zu dritt über den Namen ab«, schlug Kathi vor, bevor sie sich lachend ebenfalls von Susi hinausschieben ließ.

Susi drückte Maja einen Kuss auf die Wange.

»Du gibst Bescheid, wenn du den Termin im Brautstudio hast«, gab Maja ihr noch als letzte Anweisung mit.

Susi nickte. Ihr Gesicht leuchtete. Vom Sekt oder von der Aufregung. Was auch immer!

Maja lächelte ihr aufmunternd zu.

»Alles wird gutgehen«, sagte sie.

»Mit euch dreien auf jeden Fall.«

8

Die Date-Phase

Das erste offizielle Date war ein Abendessen.

Zu ihrem Lieblingsitaliener traute Maja sich seit dem Debakel im Herbst nicht mehr.

Doch Chris hatte ihr einen anderen vorgeschlagen, auch etwas gehobener.

Maja trug ein graues Wollkleid mit langen Ärmeln, aber feschem Rückenausschnitt, dazu hohe Stiefel.

Chris erschien in einem grünen Hemd und Stoffhose. Das stand im Gegensatz zu seinen verwuschelten Haaren, weshalb er aber nicht so streng wirkte.

Nachdem sie sich im Kino kaum unterhalten und auch davor und danach nur über die Vereinbarung gesprochen hatten, war es Zeit, sich bei einem Dinner mehr übereinander zu erzählen.

Allerdings hatte das ungewöhnliche Gespräch über die Vereinbarung das Eis zwischen ihnen bereits gebrochen. Es schien nichts zu geben, worüber sie nicht reden konnten.

Selbst über vergangene Liebschaften.

Chris erzählte von seiner Zeit nach dem Studium, die er in den USA verbracht hatte, weil er seiner Studienliebe gefolgt war.

»Es ging nicht lange gut«, sagte er. »Nach ein paar Monaten war Schluss. Aber ich hatte Anschluss in einer Internetfirma gefunden und beschloss, dort zu bleiben.«

»Warum bist du dann doch zurückgekommen?«

»Meine Eltern leben hier. Meine Schwester mit ihrer Familie. Ich hatte Heimweh.«

»Wohnen sie in Berlin?«

»Nein, in der Nähe von Hannover. Aber der Job ist hier, ich hab hier studiert und Berlin ist immer noch näher als Seattle.«

»Und nach deiner Studienliebe gab es niemanden, der dich dort hielt?«

»Doch. Einige. Aber es ging nie lange gut. Also, im Grunde dann doch nicht. Sieben Jahre war ich jedenfalls mit keiner von ihnen liiert. Kommt mir vor wie eine Ewigkeit.«

Maja biss sich auf die Unterlippe. Eigentlich waren die sieben Jahre schnell vergangen.

»Mir nicht«, erwiderte sie.

»Man sagt ja, dass mit dem richtigen Menschen die Zeit kurz erscheint.« Chris sah sie aufmerksam an.

»Das mag sein. Wie du weißt, ging die Trennung nicht von mir aus. Von meiner Warte aus war er damals der

Richtige. Aber nun ist er weg und hat sich anders entschieden. Die Trauerphase ist vorbei.«

»Zeit für was Neues.« Chris lächelte und hob sein Weinglas.

»Zeit für was Neues.«

»Und Langandauerndes.«

»Langandauernd«, stimmte Maja zu. »Was auch immer du darunter verstehst.«

»Erst mal mehr als vier Dates.«

Maja nahm einen Schluck aus ihrem Glas. Chris' Chancen standen ziemlich gut, mehr als vier Dates von ihr zu bekommen.

***

Diesmal wollte er sie bis nach Hause bringen. Sie fuhren mit der U-Bahn, den Rest liefen sie zu Fuß. Es war ein kalter Januarabend, der eher an November erinnerte. Die Straßen glänzten feucht vom Regen der letzten Tage und der Wind kroch durch jede Ritze in Majas Wollmantel. Maja hatte sogar eine Mütze aufgesetzt, was sie sonst nur selten tat, weil es ihre widerspenstigen Haare vollends aus der Fassung brachte. Aber unter der grauen Strickmütze war es wenigstens angenehm warm.

Sie schlenderten zu zweit die dunkle Straße entlang, sprachen über Majas Arbeit, Chris' Familie und was ihnen sonst noch einfiel.

Irgendwann nahm Chris ganz selbstverständlich Majas Hand. Kurz versteifte sie sich, doch dann ließ sie es zu.

Eine Weile gingen sie schweigend weiter. Majas Hand wurde angenehm warm. Chris streichelte mit seinem Daumen über ihren Handrücken.

Viel zu schnell standen sie vor Majas Haustür.

Majas Herz klopfte. Sie war sich nicht mehr sicher, wie sie wollte, dass es weiterginge. Küssen oder nicht küssen? Oder doch gleich mehr? Aber dann würde sie blöd dastehen, weil sie auf der Vereinbarung bestanden hatte.

»Ich habe mir übrigens alles genau durchgelesen«, unterbrach Chris ihre Gedanken. »Du hast Höchstgrenzen dafür aufgestellt, was ich bei jedem Date darf. Und ich habe vor, es voll auszureizen.«

Maja sah ihn stirnrunzelnd an. »Du liebst Herausforderungen, oder?«

Er schüttelte den Kopf. »Das ist es nicht. Ich hab mich Silvester auf den ersten Blick in dich verliebt. Noch mehr, als wir miteinander gesprochen haben. Was mich angeht, arbeite ich mit dir die Datephase ab, damit wir endlich zu was Ernsterem übergehen können.«

Maja starrte ihn an. Ihr Gesicht wurde schon wieder heiß. So deutlich und so schnell hatte ihr noch nie ein Mann gesagt, was er für sie empfand.

Er sah sie lächelnd an und legte die andere Hand an ihre Wange. »Ist das okay?«

Maja nickte. »Ich mag klare Ansagen.«

»Das dachte ich mir.« Er legte seine Stirn an ihre. Eigentlich an ihre Mütze. Aber ganz unten, nahe an den Augenbrauen, spürte sie seine Hitze. Er streichelte sacht ihre Wange, und Maja genoss mit geschlossenen Augen seine Berührung.

Sanft machte er sich wieder von ihr los.

»Gute Nacht, Maja!«, sagte er leise.

»Gute Nacht!«, erwiderte sie mit belegter Stimme und fummelte schnell den Hausschlüssel aus ihrer Tasche.

Sie fühlte seinen Blick in ihrem Rücken, bis sie aufgeschlossen und den Hausflur betreten hatte. Dann drehte sie sich ein letztes Mal um und winkte ihm kurz zu, bevor sie die Tür hinter sich schloss.

In ihrer Wohnung ließ sie das Licht aus und eilte zum Fenster. Vorsichtig spähte sie nach unten.

Er stand immer noch unten vor der Tür und blickte rauf.

Sie betätigte den Schalter der Stehlampe neben dem Fenster und versteckte sich hinter der Gardine.

Er drehte sich weg und ging davon. Vielleicht hätte sie ihn doch in ihre Wohnung mitnehmen sollen.

***

Das nächste Date war noch besser. Sie waren bei einem Krimidinner, Abendgarderobe erwünscht.

Es gab vier Gänge und zwischendrin je ein kurzes Drama. Die Gäste sollten raten, wer der Täter war.

Maja ging voll mit und steigerte sich in das Spiel hinein, schrieb die Hinweise mit und gab wilde Theorien ab, während Chris sie amüsiert dabei beobachtete und nur hin und wieder seinen Senf dazugab.

Sie gewannen eine Flasche Champagner, die sie sofort öffneten, sodass Maja etwas gelöster wurde.

Als sie wieder vor ihrer Haustür standen, herrschte absolutes Chaos in Majas Innerem. Am liebsten wäre sie Chris um den Hals gefallen. Das wäre schon fatal gewesen bei einem normalen Date. Aber durch die Vereinbarung hatte Maja sich völlig schachmatt gesetzt. Er musste sich für den tollsten Typen der Welt halten, wenn Maja sich jetzt schon an ihn ranschmiss.

Aber er war ja auch der tollste Typ der Welt. Wie er zu ihr stand, hatte er gesagt. Sie hatte also nichts zu verlieren. Und bevor sie wieder eine schlaflose Nacht hatte, weil sie bereute, ihn nicht mit nach oben genommen zu haben, brach sie lieber die Regeln.

»Kommst du noch mit nach oben?«, fragte sie.

»Auf einen Kaffee? Gerne.«

»Ja, genau Kaffee.« Maja kicherte.

»Mehr steht heute nicht auf dem Plan«, sagte Chris.

Hoffentlich wollte er sie nur auf den Arm nehmen! Im wahrsten Sinne des Wortes.

Doch Chris bestand auf seinem Kaffee und machte nicht die leisesten Anstalten, Maja zu mehr zu überreden.

Sie konnte schlecht sagen, er solle heute Abend die Vereinbarung vergessen, da sie es sich anders überlegt hatte, weil er so heiß war, dass Maja nicht an sich halten konnte. Eine andere Strategie musste her.

Maja rückte nah an Chris heran, als der sich gerade über die neue Wandfarbe ausließ, und tat, als würde sie interessiert zuhören, während Chris von seiner Wohnung erzählte. Ganz langsam ließ sie ihren Kopf an seine Schulter sinken.

Doch er ließ sich nicht davon abbringen, weiter belangloses Zeug zu reden. Ihr blieb keine Wahl. Sie musste noch deutlicher werden. Also, schlang sie beide Arme um ihn und erwartete, dass er es erwidern würde. Als das nicht geschah, fuhr sie mit ihrer Hand in seinen Hemdkragen und begann, seinen Nacken zu streicheln.

Doch er fuhr zurück und umfasste Majas Hände.

»Willst du nicht?«, fragte Maja irritiert.

»Doch. Aber wir haben eine Vereinbarung. Und ich riskiere nicht, dass es morgen zwischen uns aus ist, weil wir uns nicht daran gehalten haben.«

Maja stöhnte leise. Verdammte Vereinbarung! In diesem Moment hätte sie die am liebsten zerrissen. Warum hatte sie die Date-Regeln nur so streng gestaltet? Sie hätte sich Spielraum lassen sollen, falls es so gut lief, wie es jetzt lief.

»Was glaubst du, warum ich über unwichtiges Zeug rede?!«, sagte Chris. »Ich muss mich ablenken, um nicht alles beim zweiten Date zu versauen.«

Maja setzte ihren süßesten Blick auf und sah Chris einfach nur an. Er legte die Arme um sie und atmete langsam aus. Wenn sie wollte, konnte sie ihn jetzt zu allem überreden. Langsam fasste sie mit ihrer rechten Hand wieder unter sein Hemd und streichelte sanft seinen Rücken. Gleichzeitig legte sie ihr Gesicht an seinen Hals und rieb sich leicht daran.

Sein Griff wurde fester. Er konnte nicht mehr lange widerstehen. Gleich gab er nach und sie würde ihn dann abweisen und auf die Vereinbarung verweisen. So wie er eben. Kleine Rache musste sein. Schließlich brauchte er nicht zu merken, wie sehr sie ihn jetzt schon mochte.

Doch er rührte sich nicht mehr. Er atmete etwas heftiger als normal. Aber seine Hände blieben, wo sie waren, brav an Majas Rücken. Anscheinend machte er sie mehr an als sie ihn.

Maja löste sich von ihm.

»Ich gehe jetzt«, sagte Chris und erhob sich.

Maja folgte ihm in den Flur, wo er seinen Mantel vom Haken nahm und sich dann mit einem Kuss auf die Wange von ihr verabschiedete.

Als sie die Wohnungstür hinter ihm geschlossen hatte, lehnte Maja sich mit dem Rücken an und schlug den Hinterkopf leicht dagegen.

Es folgte ein herzhaftes Stöhnen.

Dieser Typ hatte sie komplett eingewickelt. Aber beim nächsten Date würde sie wieder die Oberhand haben.

***

Für das dritte Date hatte Chris das Planetarium vorgeschlagen. Maja war schon seit Jahren nicht mehr dort gewesen, weshalb sie sofort begeistert zugestimmt hatte.

Eine Stunde lang lauschten sie der Musik von Pink Floyd und ließen sich von 3-D-Projektionen und einer Lasershow berauschen. Chris hielt die ganze Zeit ihre Hand, während Majas Körper aus einem Ameisenhaufen zu bestehen schien, so sehr kribbelte es die ganze Zeit.

Noch immer von der Stimmung überwältigt standen sie zum Abschied vor Majas Haustür.

Doch Maja hatte sich vorgenommen, diesmal einen kühlen Kopf zu bewahren.

»Du darfst heute nicht mit nach oben kommen«, sagte sie deshalb.

»Aber es stehen ein höchstens zehnsekundenlanger Kuss und Gefummel auf dem Plan. Nach neulich Abend kann ich es kaum erwarten.«

Maja schnaubte. »Nein, danke!« Das war viel zu wenig!

»Bist du irgendwie böse?«

»Nein, aber ich hätte nicht gedacht, dass du derjenige sein würdest, der sich haargenau an jedes Wort hält.«

»Das war doch der Sinn des Ganzen, oder nicht?«

»Ja, schon. Aber …«

»Zweifel an deinen eigenen Regeln?«

»Nein. Im Gegenteil. Alles gut. Wir werden alles wortwörtlich durchführen, wie vereinbart.« Sie stellte sich auf Zehenspitzen und zog mit der linken Hand seinen Kopf zu sich runter. Dann drückte sie ihre Lippen auf seine. Mit geschlossenem Mund. Mit den Fingern der rechten Hand zählte sie, sodass er es sehen musste, bis zehn. Dann nahm sie seine linke Hand und legte sie sich an die Brust. Durch den Mantel war eh nichts zu spüren. Trotzdem zog er seine Hand sofort zurück, genau wie seinen Kopf.

Maja grinste ihn an. »Kussdauer höchstens zehn Sekunden und Gefummel.«

Chris zog die Augenbrauen hoch. »Oberflächliche, körperliche Zärtlichkeiten sehen anders aus. Außerdem war das doch nur die Höchstgrenze. Wir hätten das auch gar nicht tun müssen.«

»Och, ich hab das mal schnell uminterpretiert. Außerdem hast du selbst beim ersten Date gesagt, du würdest alles ausreizen. Jetzt bin ich dir zuvorgekommen, ohne drüber hinauszugehen.« Dann drehte sie sich um. »Gute Nacht!«

»Alles klar!«, rief er ihr hinterher. »Dann weiß ich schon, wo unser nächstes Date stattfindet.«

Maja drehte sich um. »Ach ja! Wo denn?«

»In deinem Bett.« Grinsend drehte er sich um und ging.

Majas Körper kribbelte. Kurz überlegte sie, ihm hinterherzurufen, dass er das vergessen konnte. Aber am Ende hätte er sich noch davon abbringen lassen.

***

Es klingelte an der Tür. Obwohl Maja bereits stand, hatte sie das Gefühl, aufspringen zu müssen.

Sie hatte mit Chris in den letzten Tagen nicht kommuniziert. Er hatte ihr nur eine einzige Nachricht geschrieben: »Freitag 19 Uhr bei dir.«

Sie war versucht, ihm zurückzuschreiben, um zu fragen, ob sie was kochen sollte. Oder ob er mit ihr zusammen kochen wollte. Oder überhaupt was essen wollte.

Dann schweiften ihre Gedanken ab zu dem, was passieren könnte, und sie kam zu keinem Ergebnis und wusste selbst nicht, was ihr am liebsten war.

Kurzfristig hatte sie sich für das gemeinsame Kochen entschieden, um Chris länger hinhalten. Inzwischen war ihr klar, dass sie ihre Freude daran hatte, ihn ein bisschen zu ärgern. Und das würde sie heute auf jeden Fall. Sie hatte nämlich eine weitere Überraschung für ihn, die sie ihm bei passender Gelegenheit präsentieren würde.

Als sie jetzt die Tür öffnete, hatte sie eine Küchenschürze an, die bis zu ihren Knöcheln reichte.

»Nicht das Outfit, das ich erwartet hatte«, sagte Chris.

Maja lachte, schwieg aber dazu. Dann ging sie zurück in die Küche.

Sie hörte, wie Chris seine Jacke und Schuhe wegräumte, bevor er die Küche betrat. In Zeitlupe musterte er die auf der Arbeitsplatte verteilten Lebensmittel. Mohrrüben und Kartoffeln, die zu schälen waren, Salat, der geputzt werden musste.

»Ich dachte, wir kochen zusammen«, säuselte sie.

»Nein«, sagte er dann und blickte Maja an.

»Wie nein?«

»Ich koche jetzt nicht. Und du auch nicht. Wir haben eine Vereinbarung.«

»Die nur die Höchstgrenzen absteckt, aber nichts darüber sagt, dass es ein Muss ist«, belehrte Maja ihn.

»Das habe ich neulich anders verstanden. Und von Kochen steht da auch nichts.« Er trat zu Maja und legte die Arme um sie. Augenblicklich klopfte ihr Herz etwas heftiger. Er löste den Knoten der Schürze und zog sie Maja über den Kopf. Dann packte er Majas Hand und zog sie mit, hinaus in den Flur und durch die Tür zum Schlafzimmer.

Maja öffnete den Mund, um gespielt zu protestieren. Aber Chris legte seinen Zeigefinger auf ihre Lippen.

»Tust du wieder so, als würdest du das nicht seit unserem zweiten Date wollen?«

Maja schlug ihm die Faust an die Brust. Aber er lachte, schlang die Arme um sie und ließ sich mit ihr aufs Bett fallen.

Dann küsste er sie endlich richtig und begann mit »oberflächlichen, körperlichen Zärtlichkeiten«, die bald nicht mehr oberflächlich waren.

***

Eng aneinander gekuschelt lagen sie in Majas Bett. Chris streichelte sanft über ihren Arm.

»Darf ich eigentlich heute Nacht hierbleiben?«, fragte Chris leise.

»Das kommt drauf an.« Maja lachte.

Chris legte sich so, dass er Majas Gesicht sehen konnte, und musterte sie mit gerunzelter Stirn.

»Worauf?«

»Darauf, wie das zwischen uns weitergehen soll.«

Chris grinste. »Du willst das auch wieder schriftlich regeln, oder?«

Maja nickte. »Die bisherige Vereinbarung hat nur die ersten Dates umfasst. Jetzt gibt es eine erweiterte Vereinbarung.«

»Erweiterte Vereinbarung? Um was wird denn erweitert?«

»Um weitere Dates. Zehn, um genau zu sein. Danach wird die Vereinbarung neu verhandelt.«

»Und wenn ich mich nicht darauf einlasse, darf ich nicht hierbleiben?«

Maja seufzte und zuckte mit den Schultern.

»Ich hab nicht genau darüber nachgedacht, was passiert, wenn du keine weitere Vereinbarung möchtest.« Sie zog eine Schippe und setzte ihren Hundeblick auf.

Chris stöhnte.

»Und was willst du, das ich tue?«

»Dass du bleibst, aber diese Vereinbarung unterschreibst.« Sie hielt die Zettel mit der Vereinbarung hoch.

Er nahm die Blätter und unterschrieb.

»Willst du es nicht durchlesen?«, fragte Maja.

Er schüttelte den Kopf, legte die Zettel zur Seite und beugte sich über Maja. Er strich mit seiner Hand ihren Bauch entlang.

Maja seufzte und zog ihn näher zu sich.

»Wie viel davon sieht deine Vereinbarung vor?«, hauchte Chris in ihr Ohr.

»Es gibt keine Grenze nach oben.«

Er stutzte und hob den Kopf. »Hast du etwa dazu was festgelegt?«

»Ja, jedes Date.«

»Gut zu wissen.«

»Ein Date ist eine gemeinsame, romantische Unternehmung an einem Freitagabend oder an einem Samstag oder Sonntag«, dozierte Maja.

»Und was ist in der Zeit dazwischen? Sehen wir uns da nicht?«

»Doch. Gern. Das zählt dann nicht als Date.«

Chris nickte und sah aus, als würde er nachdenken. »Was ist dann in drei Wochen?«

Maja runzelte die Stirn. »Drei Wochen?«

»Na, mit morgen und übermorgen haben wir die zehn Dates in drei Wochen durch.«

»So weit musst du es erst mal schaffen.« Maja lachte, weil Chris sie an der Seite kitzelte.

»Du bist mir doch jetzt schon verfallen«, brummte er.

Ja, da war was dran.

9

Die befristete Beziehungsvereinbarung

Chris zog das volle Touristenprogramm mit Maja durch. Fernsehturm mit Drehrestaurant, Zoo an einem sonnigen Märzsonntag, Musical, Theater, Bootsfahrt auf der Spree bei Schietwetter und Shopping in den Arkaden. Sogar auf die Reichstagskuppel schleppte er sie an einem Freitag. Abends um elf. Chris kannte einen der Wachleute, sodass sie noch nach dem letzten Einlass hineindurften. Die meisten Besucher waren schon weg. Sie waren fast völlig allein und schauten Hand in Hand auf der Bank um den Trichter liegend in den Sternenhimmel.

Maja genoss die Zeit sehr. Sie war bis über beide Ohren in Chris verliebt. Dabei hätte sie Anfang des Jahres nicht gedacht, sich so schnell wieder auf jemanden einlassen zu können.

Doch Chris war witzig und aufmerksam. Sein Bemühen, Maja glücklich zu machen, verfehlte seine Wirkung nicht. Sie konnte sich nicht mehr vorstellen, ihn je wieder gehen zu lassen. Allein die Vorstellung, dass das in die Hose gehen könnte, bereitete ihr Bauchschmerzen.

Umso mehr wollte sie eine Beziehungsvereinbarung, die sie beide glücklich machen würde. Sie hatte natürlich darüber nachgedacht, ganz darauf zu verzichten, um ihn nicht zu verschrecken. Doch ihr war es wichtig, und er schien bisher kein Problem damit gehabt zu haben.

Nach zehn Dates war es aber Chris, der das Thema Vereinbarung anschnitt. Maja hatte für ihn bei sich zu Hause gekocht. Nach den ganzen aufregenden Dates schien es ihr eine passende Abwechslung.

»Wie lange wird die Vereinbarung diesmal gehen?«, fragte Chris nach dem Essen.

»Ein paar Monate«, erwiderte Maja.

»Hast du schon was aufgesetzt?«

Maja nickte und Chris streckte die Hand aus.

Sie stand auf und holte den Vertragsentwurf vom Couchtisch.

Chris begann, ihn aufmerksam zu lesen.

»Bisher hast du doch auch alles einfach so unterschrieben«, sagte Maja.

»Ich war so scharf auf dich, dass ich alles unterschrieben hätte.«

Maja runzelte die Stirn. »Jetzt bist du nicht mehr so scharf auf mich?«

»Doch. Aber diese Vereinbarung …« Er blätterte sich durch die Zettel.

»Sie ist etwas dicker als die bisherigen«, sagte Maja.

»Abwechselnd einkaufen und aufräumen«, las Chris vor. »Zweimal im Monat griechisch essen?«

Maja nickte. »Ich liebe griechisches Essen.«

»Wo ist das Problem?«

»Dass ich danach nach Knoblauch müffel. Auch am nächsten Tag. Das findest du bestimmt nicht so toll. Aber ich kann nicht darauf verzichten.«

Chris zuckte mit den Schultern. »Ich esse einfach mit. Dann müffeln wir zusammen.« Er las weiter. »Haare im Abfluss mag ich auch nicht. Das sollte doch selbstverständlich sein. Du hast sogar die Auswahl des Fernsehprogramms geregelt.«

»Ein großer Streitpunkt in vielen Beziehungen.«

»Abends etwas Schönes und etwas weniger Schönes erzählen, das einem zugestoßen ist?«, las Chris vor. »Das erinnert mich etwas an meine Kindergartenzeit.«

»Nimmst du mich nicht ernst?«

»Dich schon. Bei der Vereinbarung bin ich noch nicht sicher. Ich hab viel darüber nachgedacht und finde eigentlich, dass sich sowas erst mal in Ruhe entwickeln sollte. Du willst bereits Sachen bestimmen, von denen ich gar nicht weiß, ob ich sie überhaupt will.«

»Darum geht es ja. Du sollst auch mal tun, was ich will.«

»Du willst zum Fußball?«, fragte er und hielt die Papiere hoch.

»Ja, dir zuliebe.«

»Ich habe es nicht mit Fußball.«

Maja zuckte mit den Schultern. »Dann setzen wir etwas anderes ein.«

»Du verstehst den Kernpunkt nicht. Darin sind Sachen geregelt, die vielleicht gar nicht geregelt werden müssten. Du bildest dir nur ein, dass das nötig wäre.« Er stockte kurz. »Die Sexklauseln können bleiben«, sagte er dann und grinste kurz. »Ich würde nur etwas ergänzen.«

Maja verschränkte die Arme. »Aaah, so unsinnig ist das wohl dann doch nicht.«

»Das finde ich eher aufregend. Aber was wir zusammen unternehmen, etwas, das uns beiden Spaß macht, könnten wir doch erst mal herausfinden.«

»Dann modifizieren wir die Vereinbarung und befristen sie bis zum 23. Oktober.«

»Warum ausgerechnet bis dahin?«

Maja zuckte die Schultern. »Einfach so. Wir vereinbaren jetzt schon einen Ort und eine Zeit. Wir treffen uns dort, egal, was bis dahin ist. Das musst du mir versprechen.«

»Was wenn ich dich bis dahin überzeugt habe, dass wir keine Vereinbarung brauchen?«

»Das wirst du kaum schaffen.«

»Und wenn doch?«

Maja hob die Hände. »Dann zwingt uns niemand, etwas Neues zu unterschreiben.«

»Also, hältst du es für möglich, dass ich dich überzeuge? Und wir können dann eine ganz normale Beziehung ohne schriftliche Vereinbarung führen?«

Maja nickte. »Okay. Es gibt aber auch die Möglichkeit, auf alles zu verzichten. Vereinbarung und Beziehung.« Es hatte nicht so streng klingen sollen. Aber an Chris' Blick war deutlich zu erkennen, dass es ihn getroffen hatte. Diese Vorstellung missfiel ihm an-scheinend auch.

»Das geht so weiter, bis wir mal heiraten?«, fragte er.

Maja kratzte sich am Kopf. Über das Thema hatten sie noch nicht ausführlich gesprochen. Sie hatte erwähnt, dass sie maßgeblich an der Planung von Susis und Toms Hochzeit beteiligt war. Und sie hatte auch fallengelassen, dass sie einer Heirat eher skeptisch gegenüber stand. Doch Chris war nicht darauf eingegangen. Also, musste sie nun deutlich werden.

»Ich habe nicht vor, jemals zu heiraten«, sagte sie in einem Tonfall, der hoffentlich klar machte, dass das nicht zur Diskussion stand.

Chris runzelte die Stirn und schwieg.

»Ich kann ohne Trauschein glücklich sein«, setzte Maja hinzu und lächelte, um ein wenig die Schärfe aus dem Gesagten zu nehmen.

Chris seufzte. »Ich hab dich echt gern, weißt du?« Er zückte einen Stift.

Maja nickte und lächelte. »Und ich bin dir dankbar, dass du das für mich tust. Aber ich bin mir sicher, dass du unsere Vereinbarung noch zu schätzen lernen wirst. Am 23. Oktober verhandeln wir neu. Bis dahin überlegt sich jeder von uns, worauf er Wert legt.«

»Und wenn dann nur die Sexregeln bleiben?«, fragte Chris.

Maja lachte. »Es wird sicher einiges mehr zu regeln geben. Bis Oktober könnten wir die Arbeitsaufteilung lockern. Wir regeln nur, dass zusammen aufgeräumt wird, wenn die Wohnung vorher aufgeräumt war und wir sie zusammen unordentlich gemacht haben.«

»Ich räume meine Wohnung schon selber auf«, murrte Chris.

»Das ist dann deine Sache. Aber der Rest muss erst mal bleiben. Vor allem die gemeinsamen Unternehmungen. Ich liebe Kino. Ich gucke fast alles. Aber eben auch Liebesfilme. Jeder dritte Film muss ein Liebesfilm sein, den du mit mir zusammen anschaust.«

Chris grinste wieder. »Natürlich sehe ich mir mit dir Filme zum Knutschen an.« Er fasste nach ihrer Hand. »Zählen Erotikfilme auch dazu? Vielleicht holen wir uns dort neue Anregungen für diese Regeln.«

Maja lächelte. »Für diese Regeln gilt, was für alle Regeln gilt – wir müssen beide damit einverstanden sein. Und jetzt sag mir doch mal, was du jetzt schon zusätzlich aufnehmen möchtest!«

Maja schaute zu, während Chris schrieb. Er hatte wirklich Phantasie.

Als er fertig war, sah er sie fragend an, und Maja nickte.

Diese Seite der Vereinbarung machte ihm anscheinend Spaß. Wie wollte er sie jemals davon überzeugen, ohne auszukommen?!

10

Frühling
Hochzeitstanzkurs

»Dass man sich auch so früh auf einen Termin festlegen muss!« Susi seufzte und sah sehnsüchtig der Karte hinterher, die sie gerade in den mintgrünen Umschlag gesteckt hatte, den sie nun zuklebte. »Was, wenn es dann kleine Männlein regnet, während es eine Woche vorher oder danach strahlenden Sonnenschein gib?!«

Maja lachte leise. Diese Diskussion hatte sie die letzten Wochen öfter mit Susi geführt. Und heute endlich würde sie hoffentlich vorbei sein. Maja hatte die Karten designt – Schattenrisse des Brautpaars – und nun hatten sie und Susi sich zu einem außerordentlichen Treffen zusammengefunden, ohne Kathi und Lilly, um die Einladungen loszuschicken. Wenn sie verschickt waren, gab es kein Zurück mehr. Nicht dass es überhaupt eins gäbe. Schließlich waren die Lokalität, der DJ, die Blumen und alles andere schon gebucht.

»Selbst wenn du das Wetter vorhersagen könntest, wäre es niemals mehr möglich, alles zu verlegen«, wiederholte Maja den Satz, den sie Susi in den letzten Wochen schon mehrfach gesagt hatte. »Außerdem haben die Gäste, wenn sie die Save-the-Date-Karten gelesen haben, sich diesen Termin freigehalten. Nicht den Samstag davor oder danach.«

»Ich weiß ja, dass du Recht hast«, übernahm Susi nun ihren Part des Gesprächs. »Aber wenn es stürmt oder schneit, flippe ich aus.«

»Das wäre aber mal eine Schlagzeile – Schnee im Juli. Hat sonst bestimmt keiner auf seiner Sommerhochzeit.« Maja kicherte.

Susi stöhnte und seufzte gleichzeitig, bevor sie die nächste Einladungskarte in einen mintgrünen Umschlag stopfte.

»Lass uns den nächsten Punkt angehen«, sagte Maja.

»Der Probetermin bei der Friseurin steht«, erwiderte Susi. »Zwei Tage nach dem Termin fürs Brautkleid. Hab ihn dir aufs Handy geschickt.«

Maja nickte.

»Hochzeitstisch ist zusammengesucht.«

Wieder nickte Maja.

»Ich muss uns zum Tanzkurs anmelden«, fuhr Susi fort. »Wir sind dann auch eins von den Paaren, die nur für die Hochzeit tanzen lernen, um es dann nie wieder zu tun.«

»Oder um damit auf den Hochzeiten anderer anzugeben«, ergänzte Maja.

Susi schnaubte. »Genau.«

Maja und Susi waren bisher zusammen auf zwei Hochzeiten gewesen. Erst bei Ben und Karen, dann auf Timos und Sandras. Ben und Karen hatten auch einen Tanzkurs für ihre eigene Hochzeit absolviert und bei Timo und Sandra nochmals ihre Fähigkeiten präsentiert. Letzteres Brautpaar hatte sich allerdings als nicht so talentiert erwiesen, weshalb Ben und Karen ihnen die Show gestohlen hatten.

»Na, diesmal werden die beiden wohl kaum Gelegenheit zum Tanzen haben«, sagte Susi. »Sie bringen ihre Kinder mit.«

Maja nickte. Seit Ben und Karen Eltern waren, sah man sie kaum noch und wenn, dann nur mit ihren Kindern, weil sie anscheinend nie einen Babysitter fanden, der auf wilde zweijährige Zwillinge aufpassen wollte.

»Dann habt ihr die Tanzfläche für euch allein«, sagte Maja. »Zusammen mit den älteren Herrschaften.« Sie verkniff sich ein Lachen, weil Susi jetzt schon nicht sehr begeistert aussah.

»Kommt doch mit!«, sagte Susi unvermittelt.

»Wie? Wohin?«

»Zum Tanzkurs. Du und Chris. Dann sind wir auf der Hochzeit nicht allein zwischen den älteren Herrschaften, wenn die Walzer gespielt werden.«

»Aber du willst doch niemanden, der dir die Show stiehlt«, erwiderte Maja. Sie hatte noch nie Spaß am Tanzen gehabt und legte keinen gesteigerten Wert darauf, ausgerechnet einen Tanzkurs zu machen.

»Bitteee!«, bettelte Susi. »Ihr sollt ja nur so ein bisschen tanzen. Ohne Figuren und großartige Drehungen.«

Oh, ja! Die Drehungen und Sprünge, die Karen und Ben beim Rock'n'Roll hingelegt hatten, waren inzwischen legendär. Sowas würde Maja ganz bestimmt nicht tun.

»Es bringt außerdem Glück, wenn auf der Hochzeit viel getanzt wird«, drängte Susi weiter.

Maja zog die Augenbrauen hoch. »Ach ja? Woher hast du das denn?«

Susi zuckte die Schultern. »Hab ich in irgendeinem Brautmagazin gelesen.« Sie setzte ihren Hundeblick auf, der durch ihre großen braunen Augen auch bei Maja selten seine Wirkung verfehlte. »Es würde mir so viel bedeuten.«

Maja hatte gegen sie keine Chance.

***

»Ich will keinen Tanzkurs machen.« Chris sah Maja an, als hätte sie ihm vorgeschlagen, nackt über den Alex zu laufen.

Sie waren zur Abwechslung mal in seiner Wohnung. Aber so richtig wohl fühlte sie sich hier nicht. Es war eine Ein-Raum-Wohnung mit Innenbad. Eine Übergangslösung nannte Chris sie.

Hier würde Maja wirklich nur ungern aufräumen wollen. Man bekam das Gefühl, dass man das, was man eben in den Schrank gestellt hatte, im nächsten Moment wieder mit einem Körperteil umstoßen würde, weil alles so beengt wirkte.

Aber Chris‘ Wohnung schien Maja der passende Ort, ihn um etwas zu bitten, weil es sein Reich war und er sich so nicht unter ihrer Fuchtel fühlen würde.

»Ich möchte auch nicht unbedingt einen Tanzkurs machen«, sagte Maja. »Nur Susi zuliebe. Es wäre etwas, was wir beide noch nie getan haben.« Sie versuchte, bei diesen Worten auszusehen, als hätte sie ein Heilmittel gegen Beziehungslangeweile erfunden, wenngleich sie und Chris das bisher nicht nötig hatten und hoffentlich auch nie würden. »Sowas sollte in unsere Vereinbarung – einmal im Monat etwas Neues ausprobieren.«

Chris stöhnte. »Sollte es nicht selbstverständlich sein, sich hin und wieder auf neue Sachen einzulassen?!«

»Ist es vielleicht aber irgendwann nicht mehr«, entgegnete Maja. »Ich schreib es mir gleich auf, als Punkt, der unbedingt hineinmuss.«

Chris runzelte die Stirn. »Du willst wirklich im Herbst dann noch eine Vereinbarung schließen?«

Maja stockte. »Ja«, sagte sie zögernd. »Wenn wir beide das wollen.«

»Und wenn ich dich will, aber keine Vereinbarung?«

Maja senkte den Kopf und zuckte mit den Schultern. Sie wollte jetzt keine Diskussion darüber. Bisher hatten sie noch nie gestritten, waren sich immer einig, was sie tun wollten. Doch irgendwann war die erste Meinungsverschiedenheit fällig, und dann würde er zu schätzen wissen, dass es auch dafür Regeln gab.

»Warten wir es ab!«, sagte sie schließlich. »Erst mal machen wir den Tanzkurs.«

Chris schien zu schmollen.

»Du darfst dafür viermal hintereinander bestimmen, was wir unternehmen, okay?«, bot Maja an.

»Wieso viermal?«

»So oft ist der Tanzkurs. Bitte!«

Zu ihrer Erleichterung nickte Chris. Ein Streit wegen der Vereinbarung wäre auch kein gutes Thema für den ersten Streit gewesen. Der Tanzkurs vielleicht schon.

***

»Tanzkurs für Brautpaare?« Maja warf Susi einen bösen Blick zu, als sie mit Chris und Tom vor dem Eingang der Tanzschule standen.

»Was dachtest du denn?«, erwiderte Susi ungerührt.

»Dass wir einfach irgendeinen Tanzkurs machen. Keinen, der speziell mit dem Label für Brautpaare gebrandmarkt ist.«

Susi kicherte. »Das eignet sich am besten als Crashkurs. Alle Standardtänze an vier Abenden, weil man als Brautpaar genug zu tun hat mit den Hochzeitsvorbereitungen.«

Chris schien sich prächtig zu amüsieren. Er griff nach Majas Hand und grinste breit.

»Das nenne ich mal Ironie des Schicksals. Du bürdest mir den Tanzkurs auf. Dabei ist er für einen Anlass geplant, den du ablehnst.«

»Ich lehne doch nicht Susis und Toms Hochzeit im Speziellen ab.«

»Aber Brautpaarsein im Allgemeinen.«

Susi und Tom hörten interessiert zu und verkniffen sich das Lachen.

»Ist ja nur ein Name«, lenkte Maja ein. »Egal, wie es heißt – es ist ein Tanzkurs.«

Leider war das Thema damit noch nicht erledigt.

Es waren drei weitere Paare gekommen. Die Tanzlehrerin, eine drahtige ältere Dame mit rabenschwarzem Haar, das allerdings seine Wirkung durch einen mehrere

Zentimeter breiten, grauen Ansatz einbüßte, stellte sich als Monique vor. Natürlich mussten sich dann alle anderen auch nacheinander kurz vorstellen und das Datum ihrer Hochzeit nennen.

»Wir sind Maja und Chris«, stellte Chris sie vor, als sie nach Susi und Tom an der Reihe waren. »Unser Termin steht noch nicht fest.«

Maja kniff ihm leicht in die Seite. »Ich bin ihre Trauzeugin«, sagte sie schnell und deutete auf Susi. »Ich hab mich überreden lassen, weil Susi mit ihrem zukünftigen Ehemann nicht alleine auf der Tanzfläche sein möchte.«

»Und ich hab mich von ihr überreden lassen«, ergänzte Chris. »Das haben wir nämlich so vereinbart …«

Maja boxte ihn gegen den Arm und warf ihm böse Blicke zu.

Die Tanzlehrerin nahm wohl an, dass Chris fertig war, denn sie widmete sich dem nächsten Paar.

»Du musst ihnen nicht deine ganze Lebensgeschichte erzählen«, wisperte Maja.

»Ich dachte«, flüsterte Chris leise zurück. »Schließlich hast du dich auch lang und breit dafür gerechtfertigt, dass du hier bist, statt einfach nichts dazu zu sagen.«

Maja verdrehte die Augen.

Doch ihr Ärger verflog, als sie mit dem Tanzen begannen.

Zuerst kam der langsame Walzer. Und wie sich herausstellte, konnte Chris mehr als gut tanzen.

»Ich führe«, sagte er bestimmend, als Maja zunächst anfing, die Richtung vorgeben zu wollen. Das tat er dann auch. Er wirbelte Maja herum, hielt sie sanft im Arm und blickte ihr dabei ständig in die Augen.

»Wow!«, sagte Maja. »Du tanzt gut.«

Chris lächelte nur.

Frau Monique ging ständig umher und gab Anweisungen. Bei Maja und Chris nickte sie nur anerkennend.

Bei Susi und Tom lief es etwas behäbiger. Beide starrten ständig auf ihre Füße und gaben sich gegenseitig laute Ratschläge.

Es folgte der Wiener Walzer. Chris durchkreiste den gesamten Tanzsaal mit Maja. Mit passendem Kleid hätte sie sich wie Cinderella auf dem Ball gefühlt.

Bei Susi und Tom klappte dieser Tanz besser, wenngleich die Gesichter der beiden sehr angestrengt wirkten.

***

»Ich will nächstes Mal mit Chris tanzen«, maulte Susi, als sie nach der Tanzstunde bei einem Steak zusammensaßen. »Der kann es wenigstens schon. Da lerne ich es bestimmt leichter.«

»Wegen mir«, erwiderte Maja. »Kannst ihn haben.«

»Danke! Das ist lieb von dir.«

»Ich bin übrigens anwesend«, sagte Chris.

»Aber vielleicht lag es nur an mir, dass es so gut aussah«, fuhr Maja unbeirrt fort. »Dann solltest du lieber mit mir tanzen.«

»Das lag an uns beiden«, sagte Chris übertrieben säuselig und ergriff Majas Hand. »Wir sind eben ein Traumpaar. Zumindest auf der Tanzfläche.«

»Prima, dann tanze ich mit Maja«, erklärte Tom.

Maja seufzte. Sie hätte gern weiter mit Chris getanzt.

»Und wenn ich nun lieber mit Maja tanze?«, fragte Chris.

»Ihr seid als Unterstützung für uns dabei«, sagte Susi in einem Tonfall, der keinen Widerspruch duldete. »Du als meine Trauzeugin musst alles tun, was mir hilft. Auch deinen Freund zum Tanzen verleihen. Und was dich angeht, Chris, als Braut darf mir keiner einen Tanz abschlagen. Das gilt auch schon vor der Hochzeit bei den Vorbereitungen.«

»Du bist so toll, Süße!«, sagte Tom und küsste Susi auf die Wange. »Ich stehe drauf, wenn du so herrisch bist. Wenn ich es nicht schon getan hätte, würde ich dich glatt noch mal fragen, ob du mich heiraten willst.«

»Prost!«, kommentierte Chris.

Susi hob ihr Glas. »Ich trinke auf Maja. Die tollste Trauzeugin und Brautjungfer der Welt. Ohne dich wäre ich voll aufgeschmissen. Du bist einfach ein absolutes Organisationstalent.«

***

»Schon merkwürdig, dass ausgerechnet du die Hochzeit planst«, sagte Chris später am Abend, als sie allein bei Maja zu Hause waren. Chris übernachtete inzwischen beinahe jede Nacht bei ihr.

»Ich bin ihre beste Freundin«, erwiderte Maja, als würde das den Widerspruch erklären.

»Hältst aber nichts vom Heiraten.«

»Das ändert nichts an meinen Fähigkeiten, Feiern zu organisieren.«

»So wie du alles organisierst. Zum Beispiel unsere Beziehung.«

»Was soll das jetzt?«

Chris seufzte. »Tut mir leid! Aber wenn ich sehe, wie du dich da reinhängst – in die Hochzeit – dann frage ich mich schon, was mal aus uns wird.«

»Hoffentlich ein glückliches Paar.«

»Das hoffe ich auch.«

»Meinst du, dafür ist ein Trauschein nötig?«

Chris zog sie zu sich. Maja drückte ihm einen Kuss auf den Mund.

»Du bist der Mann«, sagte sie. »Eigentlich müsste ich auf eine Heirat drängen und nicht du.«

»Aus welchem Mittelalterführer hast du das denn?«

»Genau das ist es. Mittelalterlich. Die Frau wird aus der Obhut ihrer Eltern in die Obhut des Ehemannes überführt, der fortan für sie sorgt und über sie herrscht.«

Chris drückte sein Gesicht in Majas Haare. »Och, ich wünschte, ich könnte dich beherrschen. Aber du bist so widerspenstig.«

Maja boxte ihm an die Brust.

»Hey!«, protestierte sie. »Was ist denn das für ein Machospruch?!«

Chris rieb sich mit gespielt schmerzverzerrtem Gesicht die Brust.

»Schon gut, schon gut!« Er hob die Hände vor den Kopf, als wollte er sich vor weiteren Schlägen schützen. »Nicht schlagen! Ich tue alles, was du willst. Du bist die Herrin!«

Maja stampfte mit dem Fuß auf. Es machte sie wahnsinnig, wenn er sie veräppelte.

»Du machst dich über mich lustig!«, rief sie.

Er schlang seine Arme fest um sie und zeigte sein entwaffnendes Lächeln.

»Wenn du so komisches Zeug redest«, erwiderte er. »Obhut des Mannes, der sie beherrscht. Glaubst du, das ist der Grund, dass heutzutage Leute heiraten? Weil einer herrschen und der andere beherrscht sein will?«

Maja wiegte unschlüssig den Kopf hin und her. »Nein, natürlich nicht. Aber darin hat es seinen Ursprung.«

»Aber jetzt ist es so viel mehr. Ein Zeichen, dass man zusammengehört.«

Maja sah ihm in die Augen, konnte aber keinen Spott darin erkennen. Chris meinte es ernst.

»Oh, ein Romantiker!«, sagte sie leise und schmiegte sich an ihn.

»Na ja, Steuervorteile soll das Heiraten auch haben.«

Wieder hob Maja ihre Hand, um ihn zu boxen.

Aber Chris hielt ihren Arm fest.

»Keine Gewalt sollten wir als Regel aufnehmen«, sagte er. »Und die Strafen dafür.«

»Strafen? Es gibt keine Strafen in meinen Vereinbarungen.«

»Oh, das sollten wir dringend ändern. Ich werde heute mal improvisieren.« Er küsste ihr Gesicht und ihren Hals, während er weiter sanft ihren Arm festhielt.

11

Brautkleidsuche

Susi bekam ihr Brautkleid-Event im April.

Dazu hatte sie außer Maja, Kathi und Lilly noch ihre Mutter Helga und ihre zukünftige Schwiegermutter Hanne eingeladen. Selbst eingeladen hatte sich Helgas Schwester Ursel, Susis Tante.

»Die ist lustig«, hatte Susi es kommentiert und sich zunächst begeistert gezeigt angesichts der vielen Frauen, die sie beim Brautkleidkauf beraten würden.

Um in Stimmung zu kommen, gab es Sekt und Knabbereien.

Susi suchte mit der Besitzerin des Ladens, Frau Laurentius, einer älteren Frau mit komischer Brille und lila gefärbten kurzen Haaren, einige Kleider aus. Vor der Garderobe stand die Schneiderin in Bereitschaft.

»Ich weiß nicht«, sagte Susi immer wieder, wenn die Verkäuferin fragte, ob ihr dieses oder jenes gefiele.

Schließlich hing doch eine beeindruckende Auswahl in der großen Garderobe und Susi zog das erste Kleid an, ein Baiser in Weiß, das nicht so richtig zu Susi Hautton passen wollte. Die Raffung um die Mitte herum wirkte auch ungünstig. Aber Susi war hübsch. Sie sah darin trotzdem umwerfend aus.

Dementsprechend lächelte Susi, als sie sich im Spiegel betrachtete.

»Toll!«, lobte die Verkäuferin.

»Mein erstes Brautkleid«, sagte Susi und ließ ihren Blick im Spiegel von oben nach unten gleiten. Dabei drehte sie sich immer wieder und lächelte selig.

»Ich finde es gar nicht schlecht«, sagte sie. »Aber der Farbton gefällt mir nicht. Und hier am Bauch müsste es irgendwie anders sein.«

»Schätzchen«, krächzte Ursel. »Das betont deinen Hintern ungünstig. Und man sieht die Klingelknöpfe.«

Susis Lächeln erstarb.

»Ursel«, mahnte Helga ihre Schwester. »Du machst das Mädel ganz verlegen.«

Ursel winkte ab. »Keine Zeit für falsche Scham. Nach der Hochzeit wirst du Schlimmeres mitbekommen von deinem Ehemann. Und er von dir.« Sie nahm einen Schluck aus ihrem fast leeren Glas. »Ihr wisst ja, dass ich nichts vom Heiraten halte«, murmelte sie dann. »Lieber regelmäßig den Liebhaber austauschen.« Sie zwinkerte in die Runde, erntete aber nur missbilligende Blicke ihrer Schwester, Kichern von Kathi und Lilly und ein erstauntes Gesicht von Toms Mutter.

»Maja lehnt die Ehe als Institution auch ab«, sagte Susi schnell.

Maja, die direkt neben ihr stand, warf Susi einen entsetzten Blick zu.

»Ich will nichts mehr über meine Körperformen oder Klingelknöpfe hören«, wisperte Susi. »Ich muss sie von mir ablenken. Sorry!« Sie warf Maja einen Luftkuss zu, bevor sie wieder in der Kabine verschwand.

Tatsächlich war Tante Ursel die nächsten drei Kleider – zu viel Tüll oben, zu wenig Spitze unten, zu breit an den Seiten – damit beschäftigt, Maja zu ihrer Einstellung zu beglückwünschen und die Vorzüge derer aufzuzählen.

»Kein Unterhaltsanspruch, keine Kosten für die Hochzeit, für die Scheidung. Und keine Beerdigungskosten.«

»Das ist jetzt aber etwas morbide«, mischte sich Helga ein und sah Maja streng an, als würde sie sich Ursels Argumenten anschließen.

»Das ist nicht der Grund, aus dem ich Heirat ablehne«, beeilte sie sich zu sagen. Susi war wieder in der Kabine und so hatte Maja die volle Aufmerksamkeit der Anwesenden. Selbst die Schneiderin hörte interessiert zu.

»Ach, Schätzchen!«, sagte Ursel. »Dann verrate uns doch mal den Grund.«

»Ich will einfach nicht. Das muss als Grund reichen.« Maja hatte keine Lust, hier ihre Prinzipien zu verteidigen.

Das war kein passendes Thema für einen gemütlichen Nachmittag beim Brautkleidkauf.

Zum Glück kam in diesem Moment Susi wieder aus der Kabine. Und sie strahlte. Das Kleid, das sie nun trug, lag bis zu den Knien hauteng an, was sich Susi bei ihrer Figur wirklich leisten konnte. Unten war es ausgestellt und insgesamt vollkommen mit Spitze überzogen. Dazu hatte es lange Ärmel.

»Meerjungfrauenstyle«, kommentierte die Verkäuferin und klatschte in die Hände.

Susi stieg auf das Podest und betrachtete sich im Spiegel. Erst jetzt war der große Ausschnitt am Rücken zu sehen, der Susis Sommersprossen nicht versteckte. Sie sah umwerfend aus.

»Toll!«, rief Toms Mutter Hanne und Helga liefen schon Tränen über die Wangen.

Lilly zeigte Daumen nach oben. Kathi nickte zustimmend.

Maja fing Susis Blick im Spiegel auf und lächelte und zwinkerte ihr zu.

Susis Gesicht strahlte noch mehr.

Maja wartete auf den Satz der Verkäuferin, der unweigerlich kommen musste. Sie wurde nicht enttäuscht.

»Ist das Ihr Kleid?«, rief die Verkäuferin mit hoher Stimme »Ja?«

»Ja«, schluchzte Susi und hüpfte aufgeregt auf und ab.

Von irgendwoher tauchte ein junger Mann mit einem weiteren Tablett Sektgläsern auf. Irre! Hatte der irgendwo gewartet?

Susi ließ sich vorsichtig nacheinander von jedem umarmen, bevor sie nach einem Glas griff.

»Auf mein Brautkleid«, kreischte sie.

Maja konnte nicht anders, als sich mit ihr zu freuen. Der Sekt machte sie wohl sentimental, denn als sie Susi so anblickte, schlichen sich ein paar Freudentränchen in ihre Augen.

***

»Und du willst wirklich auch nie heiraten?«, fragte Lilly später, als Maja mit Susi und ihren Schwestern beim Griechen saß.

»So, wie du in diesem Kleid aussiehst, Schätzchen, bist du eh zu schade für nur einen Mann«, ahmte Kathi den Tonfall Ursels bei ihrem Kommentar über die Abendkleider der Brautjungfern nach. Susi hatte drei gleiche, blaue Kleider geordert, in denen sie alle drei toll aussahen. Trägerlos und knielang. Obenrum gerafft, ab der Taille mit Spitze überzogen, passend zum Brautkleid.

Maja schüttelte den Kopf.

»Erzähl von deinen Verträgen!«, forderte Susi sie auf.

»Verträge?«, fragte Kathi.

»Einiges davon ist durchaus überlegenswert.« Susi kicherte.

Und Maja erzählte von Beziehungsvereinbarungen und Klauseln zu gemeinsamen Unternehmungen. Dabei versuchte sie, möglichst jugendfrei zu bleiben, und beschränkte sich auf Andeutungen. Aber dem Geflüster und Gekicher von Kathi und Susi nach zu urteilen, die Maja und Lilly gegenübersaßen, waren zumindest die drei Volljährigen voll im Bilde.

12

Filmabende

Nachdem das Kleid ausgesucht war, musste Susi die dazu passende Frisur finden.

Maja begleitete sie zum Friseur und sie waren mal unter sich.

»Wie läuft es mit Chris?«, fragte Susi, während ihre Haare unter einer Haube auf Wicklern trockneten.

Maja grinste. »Gut, schätze ich.«

»Gib mir mehr!«, bettelte Susi. »Findet er die Vereinbarung immer noch in Ordnung? Ich kann nicht glauben, dass er sich darauf eingelassen hat.«

»Ich hoffe bloß, dass er im Herbst bereit für was Längeres ist. Er hat sich zum Ziel gesetzt, mich davon zu überzeugen, dass wir keine Vereinbarung brauchen.«

Susi lachte. »Und wie macht er das? Wäscht er ohne Aufforderung ab? Oder ist er dein Sklave im Bett, obwohl er das nicht muss?«

Maja schüttelte den Kopf. »Was du wieder denkst!«

»Was denn dann?«

»Ich weiß nicht so richtig, wie er mich überzeugen will. Er tut zwar extra Dinge, die nicht in der Vereinbarung stehen. Aber sonst macht er nur Andeutungen.«

»Was denn für welche?«

In diesem Moment kam die Friseurin, eine etwa fünfundzwanzigjährige Blondine namens Nadine, die Susi wegen ihrer »geschmackvollen und unbekloppten Art, sich zu stylen«, ausgesucht hatte. Sie befreite Susi von der Haube und wickelte die Haare aus.

Susi betrachtete ihren ungewöhnlichen Lockenkopf im Spiegel.

»Oh, wenn das so halten würde …«

»Tut es leider nicht«, erwiderte Nadine, während sie eine Hunderterpackung Haarklemmen hervorkramte. Dann begann sie, die Haare kunstvoll hochzustecken, sprühte mal hier Haarspray hin, mal da, zupfte und rüttelte.

Ein Weilchen sahen Maja und Susi fasziniert zu.

»Also, was für Andeutungen?«, fragte Susi dann.

»Wegen eurer Hochzeit kam er auf das Thema heiraten.«

Susi riss die Augen auf.

»Nur allgemein«, sagte Maja schnell. »Nicht speziell, dass er mich heiraten will.«

»Und du hast ihm deinen Anti-Ehe-Vortrag gehalten.« Susi verdrehte die Augen.

»So ungefähr.«

»Aber er ist trotzdem noch da.« Susi lächelte Maja im Spiegel an.

Maja nickte. »Ich hoffe bloß, dass er das auch noch ist, wenn er im Herbst einsehen muss, wie ernst mir das ist.«

»Bis dahin hat er ja noch etwas Zeit, dich zu überzeugen.«

»Wird er nicht. Kann er nicht.«

Susi grinste.

»Fertig«, rief Nadine und präsentierte ihr Werk von allen Seiten, mit Handspiegel, zupfte hin und wieder noch, bis Susi sagte: »Toll, so soll es werden.«

***

Maja merkte am Wochenende, dass Chris durchaus noch darum bemüht war, sie davon zu überzeugen, dass eine Vereinbarung überflüssig sei.

Besser gesagt versuchte er sogar, noch eins drauf zu setzen und ihr die Nachteile einer Vereinbarung näher zu bringen.

Den ersten seiner vier Freizeitfreischüsse wegen des Tanzkurses, zu dem Maja ihn überredet hatte, nutzte er dafür, Maja in ein kleines Laientheater mitzunehmen. Schon beim Lesen des Namens »Körperkunst« verdrehte Maja die Augen.

In dem Stück, das in Majas Augen keines war, schufen Hobbykünstler, die auch den Namen Künstler nicht wirklich verdienten, live auf der Bühne ihre Werke.

Als Malutensilien kamen wiederholt nackte Menschen zum Einsatz, deren Körperteile gleich oder auch verschiedenfarbig angemalt wurden, um sie dann auf eine Leinwand zu drücken. Untermalt wurde das von moderner Musik, die aus Klopfen und merkwürdigen Pfeiftönen bestand.

»Richtig originell ist das aber nicht«, flüsterte Maja.

Chris grinste. »Es wird bestimmt noch besser.«

Das wurde es. Allerdings im negativen Sinn. Erst kam ein Künstlerduo auf die Bühne, eine Frau und ein Mann, die mit ihren Geschlechtsteilen irgendetwas auf Leinwände schmierten, wobei der Mann wenigstens sowas wie Linien zustande brachte, während es bei der Frau nur Flecken waren. Aber als sich danach ein »Künstler« live auf der Bühne Farbe in seinen Allerwertesten spritzen ließ, die er auf eine Leinwand »bringen« wollte, stand Maja auf.

»Nee, tut mir leid!«, sagte sie zu Chris. »Das will ich nicht sehen.«

Sie stürmte hinaus. Aber nicht rechtzeitig genug, um dem Geräusch zu entgehen, dass der Kunstakt erzeugte. Zum Glück musste sie es nicht sehen!

Chris kam kurz nach ihr raus. Er lächelte unsicher.

»Ich wusste nicht, dass es so eklig wird«, sagte er.

»Nichts gegen Kunst«, erwiderte Maja. »Aber ich hasse solche stümperhaften Shows, die nur schockieren sollen. Es war nicht mal besonders originell.«

Chris griff nach Majas Hand.

»Ich wollte, dass wir was Neues ausprobieren. Und nachdem ich dich vorher nicht fragen brauchte ...«

Maja ahnte da schon, worauf das hinauslief, hoffte aber, dass ihre Empörung Chris davon abhalten würde, noch mal etwas auszusuchen, was ihr dermaßen missfallen würde.

***

Einige Tage später brachte er ihr Blumen mit.

»Wofür sind die?«, fragte Maja. »Als Ausgleich für den Theaterabend?«

Chris schüttelte den Kopf. »Als Symbol dafür, dass die spontanen Aufmerksamkeiten immer noch die schönsten sind.«

Interessante Strategie! Hoffentlich hieß das nicht, dass er sie weiter mit irgendwelchen komischen Unternehmungen quälen wollte, nur weil sie vereinbart hatten, dass er etwas aussuchen durfte!

Doch der nächste Freischussabend führte in ein kleines Kino, in dem ausschließlich Dokumentationen liefen. Zunächst ging Maja davon aus, Chris interessiere sich einfach für etwas Bestimmtes. Doch die Doku war sehr speziell, gedacht für Leute, die sich im Thema auskannten und sich intensiv dafür interessierten – ein Computer-Ballerspiel.

»Ich wusste gar nicht, dass du sowas spielst«, flüsterte Maja.

»Tue ich auch nicht, aber ich wollte es schon immer mal ausprobieren. Du weißt ja – mal was Neues. Und da dachte ich, der Film wäre eine gute Einstimmung.«

Zwei Stunden lang, erzählte irgendein Mann, oder besser Junge, mit einer nervigen Stimme von den Vor- und Nachteilen des Computerspiels gegenüber anderen, die Maja auch nicht kannte, erklärte Strategien, ließ eine Spielfigur Gänge ablaufen, erläuterte Charaktere, die allesamt militärische Ränge hatten.

Maja riss sich zusammen. Es fiel schwer, da auch Chris sich nicht sonderlich zu amüsieren schien. Er gähnte hin und wieder und versuchte, es zu verbergen.

Als der Film endlich zu Ende war, atmete sie auf und machte Anstalten zu gehen, aber Chris deutete auf die Leinwand.

»Ich will den Abspann sehen.«

Das sollte wohl ein Scherz sein!

Maja stöhnte und ging trotzdem hinaus.

Während sie wartete, wurde sie doch ziemlich stinkig. Was sollte das? Wollte er sie zu Tode langweilen? Dass er so blöde Unternehmungen raussuchte, sprach mehr gegen ihn als gegen eine Vereinbarung. Vor allem, wenn letztere so einen Abend wie heute verhinderte.

Als Chris herauskam, lächelte er, als wäre nichts.

»Du, ich weiß schon, was wir nächstes Mal gucken.« Er zeigte auf ein Plakat im Glaskasten neben der Tür, das mit »Weltkriegsbunker – Stummfilm« überschrieben war.

»Vorsicht, bei deinen Interessen könnte man noch denken, du wärst ein langweiliger Nerd.«

»Was hast du gegen Nerds?«

»Nichts. Aber gegen Langweiler, die stundenlang Spiele zocken und sich noch Dokus darüber reinziehen. Da ich mich ja dazu verpflichte, muss ich mir das vielleicht noch mal überlegen, bevor ich mir das für länger antue.«

»Ich bin doch nicht deswegen langweilig.«

Maja zuckte mit den Schultern.

»Könnte man aber denken, wenn ich so die Unternehmungen analysiere, die du bisher vorgeschlagen hast.«

Chris runzelte die Stirn.

»Okay, nächstes Mal gehen wir einfach in ein normales Kino und schauen einen aufregenden Film.«

Er hatte also den Wink verstanden. Hoffentlich!

***

Leider hatte er Maja zu gut verstanden. Denn beim nächsten Mal ging es tatsächlich in ein »normales« Kino, und zwar in einen Horrorfilm.

Grundsätzlich hatte Maja nichts gegen Gruselfilme. Aber sie schaute sie am liebsten zu Hause auf der Couch und beschäftigte sich nebenbei mit anderen Dingen, damit sie sich nicht so sehr hineinsteigerte. Außerdem konnte sie dort jederzeit weggucken.

Das ging im Kino schlecht. Maja erschrak ständig, wenn in Spiegeln oder hinter Ecken etwas Unheimliches auftauchte, und schaute Teile des Films durch zwei ihrer Finger hindurch. Chris nahm sie immer wieder in den Arm und lachte leise.

»Aufregend genug?«, flüsterte er einmal in ihr Ohr.

Mistkerl! Dafür würde sie sich rächen.

Doch Chris änderte seine Strategie.

»Ich hab mir überlegt, dass ich heute will, dass du aussuchst, was wir machen«, verkündete er am darauffolgenden Wochenende.

Das war Majas Gelegenheit. Was er konnte, schaffte sie auch.

»Ich hab mir überlegt, dass ich es dir zuliebe doch mit Dokus probieren will. Ich habe gesehen, dass in dem Kino ein Doku-Film über Hebammen in Dritte-Welt-

Ländern kommt. Den könnten wir schauen. Zweieinhalb Stunden Schwangere aus aller Welt und Geburten in all ihrer Natürlichkeit.« Sie setzte ein begeistertes Gesicht auf.

»Bitte nicht!«, flehte Chris und warf sich auf die Knie. »Ich wollte dich doch nur ärgern mit dem Doku-Kino. Es tut mir leid.«

Maja konnte nicht anders. Sie musste lachen.

»Du siehst so witzig aus«, brachte sie mühsam hervor.

Chris stand auf und nahm sie in die Arme.

»Siehst du, Vereinbarungen bringen Unstimmigkeiten«, sagte er.

»Nur, wenn man sie mit Absicht ausnutzt«, erwiderte Maja. »Es ist leicht, den anderen auszutricksen. Aber wenn man sich über die Regeln einig geworden ist, weiß jeder, wie sie gemeint sind, und handelt nach ihrem Zweck.«

Chris schwieg und seufzte herzhaft in ihr Ohr.

Aber er blieb dabei, Maja mit Dingen zu überraschen. Er kochte, auch wenn er nicht dran war, brachte kleine Geschenke mit oder massierte Maja beinahe jeden Abend den Nacken, der nach der Bildschirmarbeit den ganzen Tag über ziemlich verspannt war. Auch in anderen Punkten hielt er sich nicht an die Vereinbarung. Immer zu Majas Gunsten. Er kaufte ein, obwohl sie dran war. Oder er überließ ihr die Auswahl des Fernsehprogramms.

Einmal schimpfte er beinahe, als Maja darauf bestand, die Wohnung durchzusaugen, obwohl sie erkältet war.

»Geht's noch?«, fragte er. »Du gehörst auf die Couch. Ich mache dir einen Tee.«

Er ging dann mit dem Staubsauger herum. Überhaupt war er ausgesprochen ordentlich. Das fiel ihr auch in seiner Wohnung auf, die die wenigen Male, in denen sie dort war, immer aufgeräumt wirkte.

Chris schlief dort zwar kaum mehr eine Nacht. Aber er wusch seine Wäsche und verbrachte regelmäßig Zeit dort.

Er räumte auch in Majas Wohnung auf.

Maja wies ihn mehrere Male darauf hin, dass das nicht nötig sei. Doch er bestand darauf. Vielleicht wollte er ihr damit auch etwas beweisen. Oder ihn störte Unordnung tatsächlich mehr als Maja. Falls es im Herbst zu einer Vereinbarung käme, wäre wohl sie diejenige, die sich dazu verpflichten müsste, mehr Ordnung zu halten.

Oder sollte sie diesen Punkt lieber weglassen? Chris würde wohl kaum darauf bestehen.

Fast war es, als lebten sie bereits als Paar zusammen.

Chris arbeitete im Büro, sodass Maja zuhause in Ruhe ihre Aufträge erledigen konnte. Danach widmete sie sich den Hochzeitsvorbereitungen. Und am späten Nachmittag kam Chris zu ihr, sodass sie den Rest des Tages und auch die Nacht miteinander genießen konnten.

Einen Samstagabend kochte er indisch und begann nach dem Essen aufzuräumen.

Maja wollte helfen, aber er hielt sie zurück.

»Ich schaffe das allein«, sagte er.

»Aber ich kann dir helfen, dann geht es schneller.«

Er schüttelte den Kopf.

»Warum möchtest du nicht, dass ich dir helfe?«

»Einfach so«, erwiderte er. »Ich habe gekocht. Dann kann ich auch aufräumen. Und dass du es gleich weißt – ich unterschreibe keine Vereinbarung, in der geregelt wird, wer wann wie aufräumen soll.«

»Was soll das denn? Warum bist du gleich wütend, nur weil ich helfen will?«

»Ich will alleine aufräumen. Einfach, weil ich es darf. Ich muss mir schließlich ein bisschen Unabhängigkeit bewahren. Sonst regelst du irgendwann noch jede Minute unseres Zusammenseins.«

Maja war sauer.

Doch Chris sagte nichts mehr dazu.

Und so war es das erste Mal, dass sie im Streit schlafen gingen.

Als Chris nach Maja ins Bett kam, legte er den Arm von hinten um sie und begann, ihren Hals zu küssen.

»Wir haben Streit«, brummte Maja.

»Heute ist Samstag«, erwiderte er nur.

»Ach, was das angeht, stört die Vereinbarung wohl doch nicht.«

»Ich hab ja gesagt, dass ich nicht alles doof finde.« Er drehte sie zu sich herum und lächelte sie an.

Maja ließ sich von ihm küssen und schlang ihre Arme fest um ihn.

»Morgen haben wir aber immer noch Streit«, sagte sie.

Chris sah sie grinsend an.

»Wenn du meinst.« Dann widmete er sich einer Stelle an ihrem Hals, sodass sie vergaß, was sie antworten wollte. War vielleicht auch besser so. Eventuell hatten sie morgen früh doch keinen Streit mehr.

***

Den nächsten Filmabend verbrachte Maja mit Susi und deren Schwestern.

Wenigstens musste Maja keine Angst vor der Filmauswahl haben. Sie wurden sich schnell einig, dass es eine Liebeskomödie sein würde.

»Ein Liebesdrama vertrage ich zurzeit nicht«, hatte Susi gesagt. »Ich will nur etwas über Liebesgeschichten wissen, die ein Happy End haben.«

Das bekam sie. Anderthalb Stunden sie kriegt ihn, verliert ihn, bekommt ihn wieder. Genau das, was Susi zur Einstimmung auf ihre Hochzeit brauchte.

Danach gingen sie in ein mexikanisches Restaurant.

»Schon wieder Nachos?«, fragte Maja. »Ich bin noch satt von denen im Kino.«

»Das war doch nur eine kleine Portion«, sagte Susi. »Ich habe Riesenhunger.«

Kathi räusperte sich auffällig. »Kleid!«, flüsterte sie mittendrin.

»Hey!«, erwiderte Susi empört. »Ich passe schon noch in mein Kleid.«

Kathi grinste und zuckte mit den Schultern.

Aber damit waren sie wieder beim Thema.

»Nur noch zweieinhalb Monate.« Susi stöhnte. »Es ist noch so viel zu organisieren.«

Lilly schnaubte. »Das macht doch Maja alles für dich.«

Susi sah sie böse an. »Ja, aber ich muss immer noch zustimmen. Oder etwas aussuchen. Ich habe noch nie so viele Entscheidungen treffen müssen wie in diesem Jahr.«

»Ich hab mal gelesen, dass Fluglotsen zigtausend Entscheidungen am Tag treffen müssen«, sagte Kathi. »Das ist so stressig, dass sie früher in den Ruhestand dürfen.«

»Was hat das mit meiner Hochzeit zu tun?«, fragte Susi.

Maja grinste. »Sie will wohl damit sagen, dass Heiraten alt macht wegen dem ganzen Stress vorher.«

Lilly und Kathi lachten.

»Na, du musst es ja wissen«, meckerte Susi Kathi an. »Du siehst nämlich mehr als drei Jahre älter aus als ich.«

»Dann warte mal bis nach der Hochzeit!« Kathi lachte wieder laut los.

Auch Susi konnte sich diesmal ein Lächeln nicht verkneifen. Sie schüttelte den Kopf.

»Wer Schwestern hat, braucht keine Feinde mehr«, sagte sie.

Lilly legte den Arm um sie und küsste sie auf die Wange. »Ohne uns wärst du nicht so hart fürs Leben. Maja ist nämlich viel zu lieb zu dir.«

Susi schlang ihre Arme um sie und drückte sie fest an sich.

»Ja, ohne euch wäre mir schrecklich langweilig. Aber ohne Maja wäre ich kurz vor einem Herzinfarkt.«

»Sie leiht dir sogar ihren Freund für die Tanzstunden«, sagte Kathi.

Lilly machte sich von Susi los.

»Wie läuft's denn?«, fragte sie. »Wird es ein Tanzdesaster geben? Oder plant ihr einen Überraschungstanz?«

Susi machte ein Grunzgeräusch. »Ich bin froh, wenn wir den Walzer schaffen, ohne dass hinterher meine Schuhe dreckig sind.«

»Liegt es an dir oder an Tom?«, fragte Kathi.

Susi blickte Maja an, die für sie antwortete.

»An beiden würde ich sagen. Wenn ich mit Tom tanze, passt es. Allerdings überlässt er mir die Führung.«

»Mit Chris und mir klappt das Tanzen auch gut«, erzählte Susi. »Aber wenn Tom und ich es dann versuchen, ist das nur Gestolper.«

»Weil ihr beide nicht führen wollt«, sagte Maja.

»Macht doch einfach einen Kuscheltanz, bei dem ihr euch nur so hin und her wippen lassen müsst«, schlug Lilly vor.

»Nee, dafür hab ich diesen Tanzkurs nicht gemacht.« Susi zog ihre Nase kraus, was ihrer Entschlossenheit das Feuer nahm.

»Ist er schon vorbei?«, fragte Kathi.

»Es waren nur vier Stunden«, erwiderte Maja. »Die mich viele Nerven gekostet haben«, setzte sie flüsternd hinzu und dachte an das Geräusch aus dem Kunsttheater.

13

Pokern und Kuscheln

»Wo schleppst du mich hin?«, fragte Maja.

Freitagabend und sie lief an Chris' Hand eine Seitengasse entlang. In der Gegend war sie noch nie gewesen. Nicht, dass es gefährlich gewesen wäre. Aber hier gab es vor allem Bars und kleine Eckkneipen, in denen Maja nicht verkehrte.

»Das wirst du schon sehen.« Chris lächelte geheimnisvoll. Er war wieder für das Abendprogramm zuständig.

Eigentlich hatte Maja gedacht, Chris hätte etwas tooootaaal Romantisches geplant, um wieder zu demonstrieren, dass das auch ohne Vereinbarung ging. Aber langsam kamen ihr Zweifel.

Sie bogen in eine noch engere Seitenstraße.

»Muss ich mir Sorgen machen? Schleppst du mich in einen Stripclub oder sowas, um mich zu ärgern?«

Chris sah sie entsetzt an. »Dich mit einem Stripclub ärgern? Wofür hältst du mich?«

»Egal, was du vorhast – ich werde mich prächtig amüsieren.«

Chris lächelte nur und blieb prompt vor einer kleinen Bar oder besser einer Kneipe stehen.

»Wir sind da«, verkündete er.

Maja machte ihm aber nicht mehr die Freude, zu fragen oder irgendwie überrascht auszusehen.

Sie stieg vor ihm die Stufen hoch und öffnete die Tür. Es roch nach Rauch und Bier. Ein großer bärtiger Kerl saß auf einem Hocker neben der Tür.

»Heute nur mit Einladung«, sagte der Bartmann in unverkennbarem Berlinerisch.

Chris holte zwei blaue Zettel aus seiner Jackentasche. Sie sahen aus wie alte Kinokarten. Bartmann winkte sie durch.

Innen waren Tische aufgebaut. Pokertische.

»Ich liebe Pokern«, sagte Chris.

»Klingt spannend«, sagte Maja und grinste Chris an.

Chris runzelte die Stirn.

»Du hast doch zwei Karten gekauft, oder?«, fragte Maja. »Oder wolltest du, dass ich dein Glücksbringer bin, weil es ja dein Abend ist?«

»Ich hab das Startgeld für uns beide gezahlt. Kannst du denn pokern?«

»Und ob!«

Es stimmte, Maja pokerte sogar gern. Bisher zwar nur bei privaten Feiern. Aber so groß war der Unterschied nicht. Bis auf den Zigarettenqualm und die teilweise sexistischen Sprüche, wenn jemand gegen Maja All-In ging und rausflog.

Zwischendrin spielte sie immer wieder mit dem Gedanken, das Geld einfach zu verballern, um Chris eins auszuwischen. Aber das Glück war ihr hold.

Am Ende des Abends tränten Majas Augen, und ihre Ansicht darüber, dass Männer von heute modern wären, wankte.

Doch sie sackte das Siegesgeld ein, immerhin eintausend Euro.

»Ist das eigentlich legal?«, fragte Maja Chris leise, als sie das Geld in bar entgegennahm.

Chris zuckte die Schultern und zwinkerte.

»Lass uns lieber verschwinden«, schlug er vor.

Maja schluckte ihren eigentlichen Ärger darüber, dass Chris sie schon wieder zu etwas mitgeschleppt hatte, um sie zu ärgern, hinunter.

Sie hatte sich schließlich amüsiert. Noch einmal würde sie ihm das aber nicht durchgehen lassen.

***

Doch Chris hatte wohl andere Pläne.

»Ich hab eine Überraschung für dich«, sagte er am darauffolgenden Montagabend und reichte Maja einen Umschlag, offensichtlich von einem Reisebüro.

Maja stöhnte. »Du hast dir irgendeine fiese Reise für uns ausgedacht, oder? Muss ich etwa fliegen. Ich hasse fliegen.«

»Das weiß ich«, sagte Chris. »Ich hab Susi gefragt, worüber du dich freuen würdest. Öffne es!«

Maja riss den Umschlag auf. Es war ein Reisegutschein.

»Ein romantisches Pfingstwochenende.« Maja nickte anerkennend. »Im Spreewald? Da war ich bisher noch nie.«

»Dann wird es Zeit. Ich hab früher mit meinen Eltern oft dort Urlaub gemacht.«

»Jegliche Vereinbarungen sind in dieser Zeit außer Kraft«, las Maja vom Gutschein ab. »Es gibt keine Regeln, nur genießen. Eine Pause von unserer Vereinbarung?«

»Eine Pause von Regeln.« Chris küsste sie sanft auf den Hals. »Nichts muss, aber alles kann.« Er arbeite sich zu ihrem Ohr vor. »Zu jeder Tages- und Nachtzeit.«

»Gehört das zu deinem Plan, mich davon zu überzeugen, dass wir keine Vereinbarung brauchen?«

»Ich kann dich nur überzeugen, wenn wir es mal ohne versuchen. Und wenn es nur ein Wochenende ist.« Er sah sie ernst an. »Dachtest du wirklich, ich buche eine Reise, die du nicht machen willst, nur um dir was zu beweisen?«

»Du hast stattdessen eine Reise gebucht, die ich lieben werde, um mir etwas zu beweisen. Du hast deine Taktik geändert.«

Chris grinste. »Ich lasse eben nichts unversucht.«

Maja wollte die Stimmung nicht verderben. Doch Chris hatte offenbar immer noch nicht verstanden, wie ernst ihr eine Beziehungsvereinbarung war. Die Diskussion würde sie allerdings verschieben. Auf nach Pfingsten.

***

Chris hatte eine Therme mit Hotel im Spreewald ausgesucht. Am Freitagnachmittag kamen sie dort an. Das Zimmer war modern und gemütlich. Es gab Bademäntel und Schlappen für die Gäste, die auch ungeniert darin über die Gänge liefen.

Doch am Abend lud Chris Maja erst mal zu einem Candle-Light-Dinner ein.

»Endlich hab ich dich mal ein ganzes Wochenende für mich allein«, sagte er nach dem Salat und nahm Majas Hand. »Ich habe mir erlaubt, das ganze Wochenendprogramm zu planen.« Seine Augen strahlten sie an. Er sah so glücklich aus, wie Maja sich fühlte.

Maja hätte jedes Wochenendprogramm mit ihm durchgezogen.

Nach dem Abendessen nahmen sie noch Cocktails in der Bar. Ein DJ legte abwechselnd Schlager auf oder sang selbst, nicht unbedingt gut.

Die Stimmung war umso besser. Die Leute tanzten.

Nach zwei Drinks war auch Maja so weit, dass sie sich von Chris zur Tanzfläche führen ließ.

Vom Alkohol war ihr Kopf etwas benebelt. Anders war ihre Stimmung nicht zu erklären. Sie konnte ihre Finger nicht von Chris lassen, streichelte immer wieder seine Arme, seinen Rücken oder Nacken. Ständig hatte sie das Bedürfnis, ihn zu küssen.

»Ich bin total verliebt in dich«, hauchte Chris in ihr Ohr.

Vermutlich war er genauso berauscht wie Maja.

»Ich liebe dich auch«, flüsterte sie in sein Ohr und er drückte sie fester an sich.

Den Samstag verbrachten sie komplett im Thermen- und Wellnessbereich. Sie gönnten sich eine Hot-Stone-Paar-Massage. Maja ließ sich sogar zu einem Moorbad überreden.

Ehe sie an irgendetwas anderes als an Chris denken konnte, war es Abend.

Diesmal verzogen sie sich sofort nach dem romantischen Dinner auf ihr Zimmer.

»Ich lass dich nie wieder gehen«, versprach Maja, als sie im Bett lagen.

»Das will ich doch hoffen«, flüsterte er zurück.

Für Sonntag buchten sie eine mehrstündige Kahnfahrt auf der Spree und kehrten mittags in einem Gasthaus ein. Das Wetter war angenehm warm, das Wasser klar, die Natur teilweise unberührt.

Maja lehnte sich an Chris, während die Landschaft an ihnen vorüberzog. So konnte es immer sein.

***

Als sie Montag nach dem Frühstück den Heimweg antraten, schaute Maja der wundervollen Landschaft hinterher.

»Das werde ich vermissen«, seufzte sie. »So viel Zeit nur für uns. Das war toll.« Sie nahm Chris' Hand und streichelte sie.

»Das können wir öfter machen«, sagte er. »Immer zu Feiertagen. Ich hab erst im Dezember Geburtstag. Das ist noch etwas hin. Aber wie wäre es mit deinem? Wann hast du eigentlich Geburtstag?«

»Das dauert noch«, erwiderte Maja.

»Wann? Ich will das nicht verpassen.«

»Erst, nachdem unsere Vereinbarung abgelaufen ist. Wenn du es wissen willst, musst du wohl durchhalten.«

Es sollte lustig klingen, aber selbst in Majas Ohren klang es ein bisschen verzweifelt.

Chris legte die Arme um sie. »Ob mit Vereinbarung oder ohne – ich werde an deinem Geburtstag garantiert noch da sein.«

Hoffentlich!

»Es war doch schön, so ganz ohne irgendeinen Zwang oder Regeln«, begann Chris wieder.

»Erstens gibt es immer Regeln in einer Beziehung«, erwiderte Maja. »Zum Beispiel die, dass du nicht ins Bad kommst, wenn ich auf dem Klo sitze. Oder dass du nicht mal eben reinkommst zum Pinkeln oder sonstwas, wenn ich Zähne putze. Das mag in anderen Beziehungen anders sein. Aber der Punkt ist, dass es sie immer gibt, diese unausgesprochenen Regeln.«

»Und zweitens?«

»Zweitens ist das, was ich in einer Vereinbarung regeln möchte, für unseren Alltag gedacht, nicht für Urlaube, in denen wir einfach nur alles genießen können. Es geht darum, die Beziehung durch den Alltag zu bringen, zu erhalten, zu schützen. Ich will nicht so enden wie …« Maja stockte. Sie war noch nicht so weit, über ihre Eltern zu reden.

»… andere langweilige Paare?«

Maja nickte. »Dass jeder von uns hin und wieder allein bestimmt, was wir unternehmen, ist mir wichtig. Du suchst Sachen aus, die ich ohne dich wahrscheinlich nie machen würde.«

»Pokerabende?« Chris lächelte.

»Genau. Wobei du mich mit dem Tanzkurs reingelegt hast. Schließlich kannst du tanzen.«

»Ich hatte ausdrücklich gesagt, dass ich keinen Kurs machen will. Von nicht tanzen können war nie die Rede.«

»Trotzdem hast du mich reingelegt. Ohne Vereinbarung wäre ich vielleicht sauer, weil es gegen die allgemeinen Beziehungsregeln verstößt. Aber da ich dir das aufgezwungen habe – den Tanzkurs und das viermal Bestimmen – sehe ich darüber hinweg.«

»Wie großzügig. Wenn es also einer darauf anlegt, die Vereinbarung zu seinen Gunsten auszureizen, ist es für dich in Ordnung?«

»Das ist doch der Sinn des Ganzen. Jeder darf sich auf das Vereinbarte berufen.«

Chris schüttelte den Kopf. »Ja, das hab ich schon gemerkt.«

»Wie meinst du das?«

»Als du krank warst, wolltest du trotzdem in der Wohnung sauber machen. Weil wir es vereinbart haben. Was ist das für eine Scheiß-Vereinbarung, wenn sie zu solchen Ergebnissen führt? Das geht völlig gegen meinen Instinkt, dich hegen und pflegen zu wollen, wenn es dir schlecht geht. Ich würde mich auch nie auf eine der

Bettklauseln berufen, wenn es dir nicht gut geht. Das wäre total merkwürdig.«

Darauf fiel Maja nichts Passendes ein.

Chris nahm es wohl als Zustimmung, denn er drückte Majas Hand fester.

»Wir verstehen uns gut. Das klappt auch so. Wir brauchen Dinge, die selbstverständlich sind, nicht schriftlich vereinbaren.«

»Mag sein«, erwiderte Maja. »Das heißt aber nicht, dass man deshalb heiraten muss.«

14

Abschreckung

Das Pfingstwochenende schien Chris wieder etwas angespornt zu haben, Maja von seinen Ansichten zu überzeugen. Er setzte in den Vertrag statt »Fußball« »American Football« ein und bestand darauf, dass Maja ihn zu einem Spiel begleitete.

Maja ging davon aus, dass er sich dafür interessierte. Sie selbst war noch nie bei so einem Spiel gewesen und kannte auch die Spielregeln nicht.

Doch wie schwer konnte das sein, wenn Millionen Amerikaner diesen Sport regelmäßig anschauten und spielten? Chris war bestimmt in den USA öfter bei einem Spiel gewesen. Vielleicht würde es Maja auch gefallen.

An einem sonnigen Sonntagnachmittag begaben sie sich auf die Tribüne eines kleinen Stadions. Chris hatte Hot Dogs und Cola besorgt, und nun saßen sie nebeneinander und schauten dem Spiel zu.

Maja gab sich größte Mühe, irgendwie durch die Regeln zu steigen. Doch es kam ihr vor wie ein einziges Gewühl. Ständig wurde wegen irgendetwas unterbrochen.

Dauerte die Pause länger, kamen die Cheerleader. In Majas Augen noch das Beste an dieser Veranstaltung.

Lange saß sie schweigend neben Chris. Der schaute interessiert zu, sodass Maja ihn nicht dabei stören wollte, indem sie ihn wie ein Dummchen nach den Spielregeln fragte.

Doch irgendwann, als der Trainer mit dem Schiedsrichter, wenn es denn einer war, diskutierte, reichte es.

»Kannst du mir die Regeln erklären?«, fragte Maja. »Ich blicke nicht durch. Tut mir leid!«

Chris grinste. »Ich auch nicht.«

»Wieso schleppst du mich dann hierher?«

»Ich wollte mal was Neues ausprobieren. Außerdem hast du darauf bestanden, dass du mit mir zu Sportveranstaltungen gehst.«

»Gemeint war Sport, der dich interessiert. Du sollst jemanden haben, der das mit dir anschaut.«

»Ich wusste bis heute nicht, ob mich American Football interessiert. In den Staaten bin ich nie dazu gekommen, zu einem Spiel zu gehen.«

»Und da konntest du nicht vorher mal nach den Regeln schauen?«

»Ich dachte, wir amüsieren uns auch so. Das ist doch von unserer Vereinbarung gedeckt. Oder irre ich mich?«

Maja stöhnte. »Ach, darum geht es wieder.«

Er sah sie an. »Es geht doch immer darum.«

In Majas Gehirn arbeitete es. Chris würde keine Ruhe geben. Er musste unbedingt verstehen, warum Maja so dachte, wie sie dachte. Auch wenn sie dafür zu drastischen Mitteln greifen musste.

»Es wird Zeit, dass du meine Eltern kennenlernst«, verkündete sie.

Chris sah sie irritiert an. »Das klingt wie eine Drohung.«

Maja riss sich zusammen. Besser, es erwischte ihn eiskalt.

»Nein, nein«, säuselte sie. »Ich habe nur das Gefühl, dass du dich voll reinhängst in unsere Beziehung, während ich dir total unnachgiebig vorkomme. Das soll ein Kompromiss sein. Damit du siehst, dass es mir ernst ist. Meine Eltern kennenzulernen, ist doch ein wichtiger Schritt.«

Chris nickte, sah aber noch skeptisch aus.

***

Zum Glück waren Majas Eltern sofort davon angetan, den Mann zu treffen, der ihrer Tochter »die Chance, doch noch zu heiraten« gab. So hatte sich jedenfalls Dora ausgedrückt.

Maja stand zwar ein Tag bevor, an dem sie von zwei Seiten mit bestimmten Beziehungsansichten, die nicht die ihren waren, konfrontiert werden würde. Aber mit etwas Glück setzten die sich gegenseitig schachmatt.

Basti hatte sich nur wenig mit Majas Eltern befasst – er war so oft wie möglich geflüchtet, wenn sie zu Besuch waren, um nicht zu viel von ihnen mitzubekommen.

Doch Chris würde das volle Programm erhalten. Einen ganzen Nachmittag lang.

Es kam wie erwartet. Kaum waren Majas Eltern einige Minuten da und hatten eben erst Chris kennengelernt, stritten sie schon darüber, ob Maja ihr Wohnzimmer mit der richtigen Farbe gestrichen hatte.

»Sie hat doch schon gestrichen«, schimpfte Hermann. »Ist doch egal, ob es anders einfacher gewesen wäre.«

»Dann kann sie sich das ja fürs nächste Mal merken«, konterte Majas Mutter.

»Bis dahin dauert es noch. Und wer weiß, wie man es bis dahin besser macht.«

»Aber mit diesen Rollen aus dem Teleshopping …«

Maja verzog sich in die Küche, um Kaffee aufzusetzen, und überließ Chris ihren Eltern.

Eine Weile herrschte Ruhe. Dann ertönten wieder laute Stimmen aus dem Wohnzimmer.

»Chris ist doch kein Amerikaner«, schimpfte Hermann. »Woher soll er das wissen?«

»Er hat dort doch gelebt und mit den Leuten geredet.«

Vermutlich ging es um Politik.

Maja konnte sich ein Grinsen nicht verkneifen, als sie sich Chris‘ Gesicht vorstellte, wie er jetzt gerade zwischen ihren Eltern saß und Zeuge wurde, wie man sich über wirklich alles streiten konnte.

Tatsächlich wirkte er etwas angespannt, als Maja mit der Kaffeekanne zurückkam.

»Ich hole Tassen«, sagte er, während er aufsprang und hinaussprintete.

»So ein netter Mann«, kommentierte ihre Mutter sofort. »Hoffentlich vergraulst du den nicht wieder.«

»Du weißt doch gar nicht, ob es an ihr gelegen hat, dass sie nicht mehr mit Sebastian zusammen ist.«

»Sie erzählt ja auch nichts.«

»Weil du nur rummeckerst.«

***

Nach einem schnellen Kaffeetrinken, das Chris dadurch beschleunigte, dass er seinen Kaffee runterkippte – der war doch heiß – und dann schnell Kanne und Tassen entsorgte, sobald Majas Eltern sie abgestellt hatten, fuhren sie in die Innenstadt.

Nach einer viertelstündigen Diskussion über das richtige U-Bahn-Ticket – Maja wurde nicht gefragt, sie lebte hier ja nur schon einige Jahre – stiegen sie in die Bahn Richtung Alex.

An der frischen Luft wurden Majas Eltern etwas ruhiger. Nachdem sie kurz innerlich verschnauft hatte, war es Zeit, dass Maja sie ins Alexa lotste, damit sie wieder loslegen konnten.

Chris' Gesicht wirkte sehr angespannt, während sie durchs Einkaufszentrum schlenderten. Inzwischen zuckte er jedes Mal leicht zusammen, wenn jemand von ihnen etwas sagte, weil er die passende Antwort erwartete.

Es war das erste Mal, dass Maja sich köstlich amüsierte, während sie ihre Eltern dabei beobachten konnte, wie sie sich gegenseitig anmeckernd durch die Läden gingen.

Majas Mutter kaufte zwei neue Kleider, »obwohl sie doch schon hunderte davon im Schrank« hatte.

Hermann erstand eine Legionärsmütze, »die aussehe, als sei sie für Kleinkinder gedacht«.

»Wir könnten hier etwas essen«, schlug Chris vor. »Dann müssen wir uns nicht einigen, was wir essen wollen. Jeder holt, was er will. Und dann essen wir zusammen in der Mitte an einem der Tische.«

»Gute Idee«, stimmte Hermann zu. »Dann kann ich mal essen, was ich will. Nicht so vegetarisches Zeug.«

Sie setzten sich an einen freien Tisch.

»Was wollt ihr?«, fragte Chris. »Ich hole was.«

Er brauchte bestimmt nur eine Gelegenheit, mal alleine zu sein.

»Ich nehme eine Ofenkartoffel mit Kräuterquark«, sagte Dora.

»Ich auch, bitte«, rief Hermann.

Chris stutzte kurz, hielt sich aber zurück. Er lernte schnell. Einige Stunden hatten ausgereicht, ihm klar zu machen, dass Diskutieren keinen Zweck hatte.

Vielleicht sollte Maja ihm jetzt auch eine Pause gönnen.

»Ofenkartoffel klingt gut«, sagte sie stattdessen. »Die nehme ich auch. Dann musst du nicht zweimal anstehen.«

Chris sah durchaus so aus, als würde er sich gern den Rest des Tages irgendwo anstellen. Aber er sagte nichts, sondern kam nach etwa zehn Minuten mit vier Ofenkartoffeln wieder.

»Mein Quark schmeckt komisch«, sagte Dora nach zwei Bissen.

»Quatsch, der schmeckt gut«, brummte Hermann.

»Woher willst du das wissen? Du hast meinen Quark doch gar nicht gegessen.«

Hermann deutete auf seinen Teller. »Aber ich hab denselben. Damit ist alles in Ordnung. Stimmt's, Maja?«

Maja hob die Hände. »Haltet mich da raus!«

Dora nahm einen Löffel von dem Quark auf Hermanns Teller.

»Der schmeckt auch komisch«, sagte sie dann.

»Du hast einen komischen Geschmack«, erwiderte Hermann.

»Sagt der Mann mit der Legionellenmütze.«

»Legionär.«

***

Zwei Stunden später schloss Maja die Wohnungstür hinter ihren Eltern. Ihre Mutter hatte ihr zum Abschied noch empfohlen, Chris pfleglich zu behandeln, weil »er heute ziemlich still gewesen« wäre.

Jetzt, da die Tür zu war, entspannten sich Chris' Gesichtszüge etwas.

»Wow!«, sagte er.

»Sag es!«, forderte Maja. »Meine Eltern sind schrecklich.«

Chris seufzte. »Nicht schrecklich. Zueinander. Aber nicht allgemein.«

»Verstehst du jetzt, warum ich nicht heiraten möchte?«, fragte Maja.

»Deine Eltern stehen doch nicht für alle Ehen.«

»Aber für das, was mir daran missfällt. Der Trauschein hält sie davon ab, sich scheiden zu lassen. Dabei wären sie ohne einander glücklicher.«

»Woher weißt du das?«

»Das sieht man doch.«

»Ich will auch keine Beziehung haben, in der man sich nur noch angiftet. Aber man kann es doch anders machen.«

»Eben. Indem man nicht heiratet.«

Chris stöhnte leise. »Ich will mich nicht schon wieder darüber streiten. Bei Gelegenheit stelle ich dir meine Eltern vor. Dann siehst du, dass man auch glücklich miteinander verheiratet sein kann. Einigen wir uns darauf, dass deine Eltern vielleicht ein schlechtes Beispiel sind.«

Maja schnaubte. »Sie sind das Beispiel überhaupt für eine Beziehung, die besser eine Vereinbarung mit Ablaufdatum gehabt hätte. Dann hätten sie sich zum Stichtag die Hand geben können. Und gut wär's.«

»Das klingt aber auch richtig schön bequem«, sagte Chris.

»Ist es ja. Es geht nur um Bequemlichkeit. Jede zweite Ehe wird geschieden. Wahrscheinlich sind das die ganz unerträglichen, sodass Zusammenbleiben schlimmer ist, als eine Trennung. Dafür sind viele der nicht geschiedenen Ehen es nur deshalb nicht, weil da das Zusammenbleiben bequemer ist, statt seiner Wege zu gehen und dem anderen Glück zu wünschen.«

»Gibt es denn auch noch eine andere Sorte Ehe? Die, in der beide gern verheiratet und glücklich sind?«

»Ja, alle. Am Anfang.«

Chris schüttelte den Kopf. »Das kann nicht dein Ernst sein. Du denkst also, so ein Vertrag macht es leichter, sich zu trennen, wenn was nicht richtig läuft. In Wirklichkeit aber sorgt er dafür, dass man nicht umeinander kämpft. Nein, man darf einfach aufgeben.«

Maja zuckte mit den Schultern. »Der bequemste Weg. Sage ich ja die ganze Zeit.«

15

Muffins, Torten, rosa Essen

Der Countdown für die Hochzeit lief. Maja traf sich mit Susi, Kathi und Lilly in einer Sportsbar und besprach die letzten Punkte auf der Liste.

»Hier sind die Ringe!«, verkündete Susi und hielt eine Schachtel hoch.

»Zeig her!«, riefen Kathi und Lilly zeitgleich.

Susi öffnete die Schachtel und präsentierte zwei rotgoldene Ringe. Der kleinere hatte drei Steine.

»Die Ringe sind toll«, bestätigte Maja.

»Ich mag Rotgold.« Lilly seufzte verzückt.

»Passt gut zu deinem Hautton«, setzte Kathi hinzu und nickte anerkennend.

»Dann sieht jeder gleich, dass wir zusammen gehören«, sagte Susi. »Noch etwas, was ich am Heiraten mag.«

»Dafür gibt es Freundschaftsringe«, erwiderte Maja.

»Ja, genau. Freundschaft. Nicht Liebe.« Susi sah sie missbilligend an.

»Ist doch egal, wie sie heißen. Außenstehende sehen nur die Ringe und wissen Bescheid.«

»Du hast aber nie einen Ring getragen.«

»Ich hab halt noch nie daran gedacht.« Maja holte schnell ihren Terminplaner hervor. »Ehegelübde«, sagte sie ohne Überleitung.

»Schreiben wir gerade«, erwiderte Susi.

»Dann bleiben noch die Probeessen«, sagte Maja.

»Bei der Torte sind wir unter uns«, erklärte Susi. »Tom überlässt das mir, weil er eh nicht so gerne süße Sachen isst. Aber zum Probeessen fürs Abendbuffet will er, und du sollst Chris als Verstärkung mitbringen, damit es nicht nur rosa Essen gibt.«

»Als ob wir alle rosa Essen aussuchen würden.« Maja schüttelte den Kopf.

»Oh, doch! So ein blutiges Steak ist schon was Feines. Er hasst es. Fleisch muss bei ihm totgebraten sein.«

»Denkst du, das hat er mit rosa Essen gemeint?«, fragte Maja. »Ich dachte, er meint, weil wir Frauen sind.«

Susi lachte. »Nein. Er kennt mich nur so gut. Also, wird es kein Steak geben.«

»Oder jeder nimmt es so, wie er es mag«, schlug Kathi vor.

»Nein, wir möchten ein Buffet. Im Hotel gibt es jeden Donnerstag Buffet. Da gehen wir hin und suchen alle gemeinsam aus. Und vergiss Chris nicht!«

Maja stöhnte. »Das alles bringt ihn nur auf dumme Gedanken.«

»Bekommt er wohl auch Lust darauf zu heiraten?« Susi grinste.

»Bloß nicht! Ich hoffe, der ganze Aufwand schreckt ihn ab. Trotzdem gefällt mir nicht, dass er ständig mit diesem Thema konfrontiert ist. Wer weiß, was er daraus macht?!«

»Du bist auch ständig dem ganzen Hochzeitsding ausgesetzt und trotzdem völlig immun dagegen.«

»Das war ich schon immer. Das ist meine Superkraft. Chris war nie immun. In diese Richtung ist er leicht beeinflussbar. Bei allem anderen hat er seinen eigenen Kopf.«

»Genau der Richtige für dich!«

***

»Ich möchte auf jeden Fall eine fünfstöckige Torte mit fünf unterschiedlichen Sorten«, verkündete Susi. »Und diese Sorten suchen wir heute aus.«

Sie saßen im Nebenzimmer einer Konditorei. Maja hatte das Gefühl, in einen Traum aus Süßigkeiten und Knallfarben gefallen zu sein. Sie waren umringt von Naschwerk, Torten, Pralinen. Die Besitzerin des Ladens, eine höchstens fünfundzwanzigjährige Tortenfee namens Tanja, hatte bereits kleine Miniaturtorten vor sie hingestellt und begann, sie aufzuschneiden.

»Wie viele stehen denn zur Wahl?«, fragte Kathi und begutachtete die vielen Teller, die vor ihnen standen.

»Alle«, erwiderte Susi und lachte. Sie bezahlte für die Verkostung. War klar, dass sie dann alles probieren wollte.

Sie fingen mit denen ohne Alkohol an und futterten sich durch Nougatcreme, Nuss, Schoko, Vanille und auch die mit Obst – Erdbeere, Mandarine, Kirsche, Himbeere. Da ein Stockwerk mit Alkohol sein sollte, gab es dann noch Eierlikörcreme, Batida de Coco, Rumtopf und Marc de Champagner.

Maja hatte Zettel verteilt, auf denen sich jede von ihnen Notizen machen konnte.

Sie teilten sich die Stückchen zwar, außerdem versuchte Maja immer, ein Mittelstück zu erwischen, weil bereits der Fondant außenrum mächtig war, aber nach mindestens zwanzig Stückchen rumorte ihr Bauch.

»Ich bin pappsatt«, stöhnte sie, als Tanja ein Stück mit Williams Christcreme vor sie hinstellte.

»Am besten, du nimmst nur eine einzige Torte und teilst sie durch die Anzahl der Gäste«, sagte Kathi. »Nach einem Löffel sind eh alle satt.«

»Aber dann bekommt jeder nur eine Sorte«, protestierte Lilly. »Ich kann mich gar nicht entscheiden.«

»Nix da!«, rief Susi. »Fünf Torten, fünf Stockwerke. Vielleicht dazu noch Muffins.«

Nach drei weiteren Probierstückchen waren sie durch.

»Jetzt sagt jede ihre fünf Favoriten«, forderte Susi auf.

»Sie waren alle lecker«, sagte Kathi. »Du bist die Braut. Es werden deine Favoriten.«

»Ihr seid hier, um mich zu beraten«, wandte Susi ein. »Ich kann mich doch so schlecht entscheiden. Da reichen fünf Stockwerke nicht.«

»Kannst du welche ausschließen?«, fragte Maja. »Vielleicht solltest du dich erst mal für die mit dem Alkohol entscheiden.«

Susi starrte auf ihren Zettel.

»Ich nehme die mit Marc de Champagner«, verkündete sie dann. »Das klingt so edel.«

»Gut«, sagte Kathi. »Dann fallen die anderen schon mal raus. Bleiben noch vier Stockwerke. Zwei mit Obst?«

»Auf jeden Fall die mit der Erdbeercreme«, schlug Lilly vor. »Die war superlecker.«

»Also, Erdbeere«, stimmte Susi zu. »Dann sollte die andere mit Obst aber gelb sein, oder? Mango. Und dann zwei verschiedene Cremes in dunkel und hell. Schokolade und Vanille? Oder ist das zu gewöhnlich?«

»Wie wäre es mit Nougat?«, fragte Maja. »Und Vanille mit dunklem Teig?«

Susi lächelte glücklich.

Tanja hatte alles notiert und bereits eine Skizze angefertigt, an die sie die entsprechenden Sorten notierte.

»Außerdem Muffins«, ergänzte Susi. »Auch wenn wir die nicht probiert haben, bin ich mir sicher, dass die ebenfalls super schmecken.«

»Wie wäre es mit Cupcakes?«, fragte Tanja. »Blaubeere, Schoko, Zitrone?«

Susi klatschte in die Hände. Sie würde wohl noch Wochen nach der Hochzeit die Kuchenreste essen.

***

Weil Susi, wie sie sagte, die »Sache mit dem ganzen Essen« endlich hinter sich bringen wollte, setzte sie bereits für einige Tage später das Probeessen für das Abendbuffet an.

Dafür hatte sie einen Tisch im Schlosshotel vor den Toren Berlins reserviert, am Buffetabend, sodass sie in Ruhe alles durchprobieren konnten.

Susi hatte außerdem noch eine Liste mit weiteren Spezialitäten neben sich liegen, von denen sie probeweise nach Bedarf bestellen durfte.

Sie bestand natürlich darauf, dass alles gekostet wurde. Erst wollte sie die verschiedenen Gerichte unter den Probeessern aufteilen. Aber dann entschied sie sich um, damit »nichts übersehen« werde.

»Ich verstehe nicht, wie man nach den ganzen Probeessen noch ins Kleid passen soll«, sagte Lilly und schaute auf ihren randvollen Teller.

Susi warf ihr einen bösen Blick zu.

Aber Lilly kicherte nur.

»Stilvoll ist es auch nicht gerade, sich die Teller so voll zu hauen«, sagte Kathi. »Bei Buffet soll man eigentlich mehrere Male gehen.«

»Und wenn dann schon eins der Gerichte alle ist, weil die anderen Gäste heute uns das weggeschnappt haben?«, hielt Susi dagegen.

»Dann gibt es etwas anderes«, erwiderte Lilly ungerührt und stopfte sich einen Riesenbissen Gemüselasagne in den Mund. »Ist eh alles lecker«, setzte sie mit vollem Mund hinzu.

Das war es auch.

Tom und Chris erklärten sich zu den Fleischexperten und füllten ihre Teller fast ausschließlich damit – gut durchgebraten natürlich für Tom.

Maja konzentrierte sich auf das Gemüse und die Beilagen.

Susi selbst kostete von allem ein bisschen und bestand wieder auf ihre Listen, in die jeder seine Lieblingsspeisen eintragen musste.

Erst als nach zwei Stunden das Hochzeitsbuffet geplant war, kehrte etwas Ruhe ein, weil Susi ruhiger wurde.

»Siehst du!«, sagte Tom zu ihr. »Wir haben alles im Griff.«

»Voll im Plan«, verkündete Maja.

»Wir müssen trotzdem noch ein paar Dinge klären«, sagte Susi.

»Ja, zum Beispiel die Sache mit dem Namen«, erklärte Tom. »Susi kann sich nicht dazu entschließen, meinen Namen anzunehmen.«

»Das mit euren Namen ist total praktisch«, sagte Lilly. »Das Mann habt ihr beide schon drin.«

»Und die erste Silbe würfeln wir aus.« Susi grinste.

»Oder wir diskutieren darüber, wie andere Paare auch«, widersprach Tom.

»Ich kann mich aber nicht entscheiden. Ich finde Hofmann ganz toll. Hab mich dran gewöhnt.«

»Aber es heißen viele Hofmann. Karmanns gibt es nicht so viele.«

»Da hat er recht«, mischte sich Kathi ein.

»Wie heißt du jetzt?«, fragte Maja an sie gewandt.

»Schwan«, antwortete Lilly an Kathis statt.

»Oh, Schwan.« Maja prustete los. »Dagegen stinkt jedes Mann ab. Egal, mit welcher Vorsilbe.«

Lilly und Kathi kicherten.

Susi sah sie böse an.

»Wie wäre es mit Hofkarmann oder Karhofmann?«, schlug Lilly vor. »Geht das?«

»So heißt garantiert niemand anderer.« Kathi kicherte wieder, was ihr einen weiteren bösen Blick von Susi einbrachte.

»Hauptsache, ihr habt denselben Nachnamen«, sagte Chris. »Dann sieht jeder, dass ihr zusammengehört.«

Alle Blicke richteten sich auf ihn.

Dann legte Tom seinen Arm um Susi. »Stimmt. Egal, ob Kar oder Hof. Hauptsache, ich bin dein Mann.«

Als die beiden sich küssten, johlten die anderen.

»Und ich dachte, die Ringe seien das Zeichen für Zusammengehörigkeit.« Maja grinste Susi zu.

»Das auch«, bestätigte Susi.

***

»Oh, Mann! Was für ein Stress wegen eines einzigen Tages.« Chris ließ sich aufs Sofa fallen, als sie nach dem Probeessen wieder in Majas Wohnung waren.

Maja horchte auf. »Nervt dich das wohl?«

»Nicht so sehr, dass ich es nie tun würde.«

»Was tun?«

»Heiraten.« Er zwinkerte.

»Ich habe deine Anspielung mit den Namen durchaus verstanden«, sagte Maja.

»Und ich deine auch«, erwiderte Chris.

»Was? Welche?«

»Du willst Ringe. Oder hab ich das missverstanden?«

»Das war keine Andeutung. Das war ein Insider zwischen mir und Susi.«

»Also, keine Ringe?«

»Weiß ich nicht. Irgendwann?«

Von irgendwoher zog Chris eine Schachtel hervor.

»Wie wäre es mit jetzt?«, fragte er und sah Maja erwartungsvoll an.

Maja wusste nicht, was sie sagen sollte. Er würde doch jetzt wohl hoffentlich nicht …

»Keine Angst! Es sind nur Freundschaftsringe.« Er öffnete die Schachtel und zwei silberfarbene Ringe kamen zum Vorschein. Der kleinere hatte einen Stein. Den nahm er jetzt heraus. »Du müsstest dein Gesicht mal sehen. Hast du wirklich so viel Angst davor, dass ich dich heiraten wollen würde?«

Maja sagte nichts darauf, sondern ließ sich den Ring anstecken, an ihren Ringfinger der linken Hand.

Chris reichte ihr die Schachtel, sie nahm seinen Ring hervor und steckte ihn an seine Hand.

»Okay für dich?«, fragte er.

Maja nickte. Ihr Herz klopfte, als Chris ihre Ringhand in seine legte. Es fühlte sich gut an.

»Hat Susi dich auf die Idee gebracht?«, fragte sie leise.

»Kann sein.« Chris seufzte.

»Was ist?«, fragte Maja.

»Die ganzen Hochzeitsvorbereitungen«, begann er. »Nervt dich das wohl doch?«

Chris lächelte. »Ich wusste bisher nicht, wie aufwendig heiraten ist. Aber die beiden wirken so glücklich dabei.«

»Ja, ich finde auch, dass die Planung viel Spaß macht.« Sofort erkannte Maja, dass sie einen Fehler gemacht hatte. »Das heißt nicht, dass ich das für mich will«, setzte sie schnell hinzu.

Chris gab ihr einen Kuss auf die Nase.

»Schade!«

16

Sommer
Poltern und Abschied

Im Juli drehte sich endgültig alles um Susis und Toms Hochzeit. Immer wieder checkten Maja und Susi Listen und hakten ab.

Heute standen Sitzordnung und Give-away-Tüten-packen an.

»Tom hat mir eine Liste gegeben, auf der steht, welche von seinen Verwandten auf keinen Fall am selben Tisch sitzen sollen.« Susi ließ gedankenverloren eine kleine Pralinenschachtel, auf der ein Schwarzweißfoto von ihr und Tom abgebildet war, in eine weiße Tüte fallen.

»Ehrlich?« Kathi lachte. »Sowas gibt's wirklich?«

»Ja, er hatte sogar überlegt, ob sein Onkel Bernhard wirklich an einem Tisch mit seiner Frau sitzen soll. Die verstehen sich wohl nicht mehr so gut.«

»Der hat ja komische Verwandte«, sagte Kathi.

»Wir haben mit Ursel ja auch eine komische Verwandte«, erwiderte Lilly.

»Ja, aber wir reden alle noch mit ihr und haben sie lieb«, wandte Kathi ein.

Susi und Lilly nickten.

»Toms Großeltern sind schon seit sechzig Jahren verheiratet«, erzählte Susi dann. »Sechzig Jahre!« Ihre Stimme war einige Oktaven höher geworden. »Könnt ihr euch das vorstellen?! Sie verreisen oft, spielen Bingo oder Canasta mit ihren Freunden, lachen viel.« Sie seufzte herzhaft. »Ob Tom und ich das auch mal haben werden?«

Maja tat, als müsste sie nachrechnen. »Also, 60 Jahre werdet ihr vielleicht nicht ganz schaffen. Tom wäre dann über neunzig.«

»Bei dir wären das knapp neun Beziehungsvereinbarungen«, antwortete Susi schnippisch.

»Wenn ich mit Chris so lange zusammenbleibe, wäre es sogar genau die neunte«, erwiderte Maja.

»Würdest du wirklich immer nur auf sieben Jahre abschließen?«, fragte Kathi. »Nach den ersten sieben hat man doch eigentlich das Schlimmste überstanden. Dann könnte man doch auf zehn erhöhen.«

»Wisst ihr, was das Schöne an meinen Vereinbarungen ist?« Maja sah die drei nacheinander herausfordernd an. »Dass es keine Regeln dafür gibt, wie und über welchen Zeitraum sie abgeschlossen werden. Ich warte einfach ab, was passiert, wenn eine Vereinbarung ausläuft.«

»Apropos«, sagte Susi. »Wie geht es denn im Herbst weiter?«

Maja zuckte die Schultern. »Ich glaube, es nervt ihn schon, dass ich niemals heiraten möchte.«

»Woher weißt du denn so genau, dass du das niemals möchtest?«, fragte Lilly.

»Aus Prinzip.«

»Du lässt dir von einem Prinzip vorschreiben, was du nicht tun willst?«

Maja runzelte die Stirn. »Nein, umgekehrt. Ich will mir nicht von einem Prinzip vorschreiben lassen, was ich zu tun habe.«

»Ist das nicht irgendwie dasselbe?«, antwortete Lilly. »Wenn du wirklich frei in deiner Entscheidung sein willst, darfst du dich doch gar nicht von vornherein auf etwas festlegen oder eben nicht festlegen.«

Susi und Kathi hatten interessiert dem Gespräch gelauscht und schauten erwartungsvoll von Lilly zu Maja.

Doch Maja verzog das Gesicht und hob resignierend die Schultern.

»Gegen diese Logik komme ich nicht an«, sagte sie.

Susi und Kathi lachten.

»Ganz schön weise für dein Alter«, rief Kathi und nickte Lilly anerkennend zu, die ihr dafür die Zunge rausstreckte.

***

Da Susi das volle Programm wollte, standen ein Polterabend und ein Junggesellinnenabschied an. Toms Junggesellenabschied übernahmen seine Kumpels.

Der Polterabend fand am Wochenende vor der Hochzeit in dem kleinen Dorf in unmittelbarer Nähe Berlins statt, in dem Susi aufgewachsen war.

Ihre Eltern wohnten noch dort und bauten im Vorgarten Zelte und Biertische auf. Außerdem hatten sie bei allen Nachbarn Grille ausgeliehen, um die Gäste zu verköstigen.

Susi hatte mit etwa zweihundert Gästen gerechnet, aber letztlich waren es bestimmt doppelt so viele, sodass Maja mittendrin noch zum Discounter fahren musste, um Nachschub für Getränke und Essen zu besorgen.

Susis Vater hatte zum Glück alle Grille im Griff, auf denen Steaks und Würstchen brutzelten, während Susi und Tom kaum hinterherkamen, die Tonnen von Geschirrscherben wegzufegen.

Die Veranstaltung glich einem Dorffest. Bis spät in die Nacht hinein dauerte es, bis die letzten Gäste gingen und alles aufgeräumt war.

Nachts um drei saßen Susi, Tom, Maja und Chris noch in der Küche.

Tom hatte ein paar Kurze bereitgestellt.

»Nüchtern auf dem eigenen Polterabend«, sagte er kopfschüttelnd. »Ich hatte keine Zeit, mich zu betrinken.«

»Zum Glück haben wir jetzt eine Woche zum Erholen«, sagte Susi. »Ich bin völlig erledigt. Sollen wir den Junggesellinnenabschied vielleicht ausfallen lassen?«

»Nichts da!«, protestierte Tom. »Ich will meine Stripperin.«

Susi sah ihn böse an. »Du bist nicht betrunken?«

»Nein, ich meinte das auch mehr so metaphorisch.« Tom gab ihr einen Kuss auf die Nase. »Ich werde nur einmal heiraten. Dazu gehört, mich ordentlich von meinem Junggesellendasein zu verabschieden. Danach gehöre ich nur dir, Süße!«

»Oh!« Susi schlang die Arme um seinen Hals und knutschte ihn ab.

Chris warf Maja einen vielsagenden Blick zu.

»Das ist unser Signal zu gehen«, sagte Maja und erhob sich. »Wir telefonieren morgen für einen letzten Checkup.«

Susi murmelte etwas, was Maja als Zustimmung nahm.

***

Maja hatte sich die folgende Woche frei genommen, um letzte Dinge mit Susi zu checken, Termine zu bestätigen und noch einmal alles durchzugehen.

Außerdem stand am Donnerstagabend der Junggesellinnenabschied an. Unmittelbar am Tag vor der Hochzeit hatte Susi es nicht machen wollen, damit sie nicht völlig erledigt wäre.

Susi war eh nicht die große Partymaus. Deshalb fingen sie mit Abendessen bei einem Italiener an.

Außer Susi, Kathi, Lilly, die inzwischen volljährig war, und Maja selbst waren sieben weitere Freundinnen dabei. Sonja und Lisa, zwei Arbeitskolleginnen von Susi, die Maja nur flüchtig kannte, und fünf Mädels aus ihrem üblichen Freundeskreis: Dani, Petra, Viola, Katrin und Anke.

Sie trugen lilafarbene T-Shirts, auf denen »Susi heiratet – ich bin zum Feiern da« stand. Auf Susis Shirt war natürlich etwas anderes aufgedruckt: »Ich heirate – die anderen sind zum Feiern da«.

Das Essen leiteten sie mit einer Riesenvorspeisenplatte ein. Dann gab es Pizza und Pasta, danach Ramazottis.

Weiter ging es zu einer besonderen Führung.

Als sie den kleinen Laden erreicht hatten, fiel Susi die Kinnlade runter.

»Ein Sexshop?«

»Man kann ja nie wissen, wie es die nächsten Jahre läuft«, sagte Maja.

Die Besitzerin des Ladens veranstaltete eine private Führung und zeigte ihnen diverse Utensilien. Es gab dazu Sekt und Schokolade, sodass nach einiger Zeit die

Hemmschwelle so weit sank, dass das eine oder andere Spielzeug genauer begutachtet und auch eine Frage dazu gestellt wurde.

Susi bekam als Braut ein Spielzeug ihrer Wahl.

Aber auch die anderen kauften fleißig ein. Sonja, Katrin und Lisa kauften einen Vibrator, der gar nicht wie einer aussah. Viola erstand ein Fesselset. Anke und Sonja beschränkten sich auf Silikonringe. Nur Lilly, Kathi und Maja hielten sich zurück.

Maja fotografierte einige Sachen, die sie Chris zeigen würde. Vielleicht fand sich noch etwas, mit denen man die Bettregeln aufpeppen konnte.

Zum Schluss ging es in eine Bar. Dort ließ Susi sich zum Küsschenspiel überreden.

Innerhalb von zehn Minuten sammelte sie dreißig Küsschen, natürlich auf die Wange.

»Sind hier überhaupt so viele Männer?«, fragte Viola.

»Ich glaube, da haben sich einige doppelt angestellt«, rief Dani.

Nach der vierten Trinkrunde leuchtete Susis Kopf wie ein Feuermelder, was sie jedoch noch hübscher erscheinen ließ.

»Was jetzt?«, fragte Kathi.

»Rede, Rede, Rede!«, riefen Sonja und Lisa.

»Eine Rede? Worüber denn?« Susis Kopf wurde noch roter, falls das überhaupt möglich war.

»Darüber, warum man heiraten sollte«, rief Sonja. »Und zwar jetzt.« Sie haute mit der Hand auf den Tresen. »Stell dich hier rauf und los geht's!«

Susi gehorchte und hievte sich unter dem Johlen der anderen auf den Tresen hoch.

Lisa ließ zwei Gläser aneinander klirren.

»Ruhe!«, rief sie. »Meine Freundin will eine Rede halten.«

Die Gäste wurden still und schauten Susi erwartungsvoll an.

»Also, Susi!«, rief Dani. »Warum sollte man heiraten?«

»Ich weiß nicht, warum ihr heiraten solltet. Aber ich muss Tom heiraten. Weil ich ihn liebe, weil ich immer mit ihm zusammen sein will. Damit ihn mir keine andere wegschnappen kann. Jeder soll sehen, dass wir zusammen gehören. Weil man damit nach außen zeigt, dass man füreinander einsteht. Und weil eine große Hochzeit einfach etwas ist, was man erlebt haben sollte.«

Die Leute in der Bar jubelten und grölten.

Maja jubelte mit, auch wenn sie Susis Ansprache natürlich nicht überzeugte. Aber heute war nicht die Zeit, darüber nachzudenken oder gar mit Susi deswegen zu diskutieren.

Maja wollte einfach nur, dass Susi glücklich war. Und wenn sie dafür heiraten musste, dann war es eben so. Maja würde immer für sie da sein.

17

Hochzeitstag

Am nächsten Abend reisten die meisten der auswärtigen Gäste bereits ins Schlosshotel am Rande Berlins an. Es gab ein kleines Abendessen, das Susi um neun für beendet erklärte, damit alle am nächsten Tag fit sein würden.

Susis Familie schlief im kleinen Schlossgebäude selbst. Dort gab es Suiten. Susi und Tom hatten die Hochzeitssuite.

Maja und Chris schliefen in einem der Nebengebäude, in dem sich auch das Restaurant befand.

Verbunden wurden die Gebäude durch einen weitläufigen Hof, auf dem sich Rasenflächen und Pflaster abwechselten.

»Alles klar für Morgen?«, fragte Chris, als sie auf ihrem Zimmer waren.

Maja nickte. »Wird schon alles klappen.«

»Ich finde schön, dass du das alles für Susi gemacht hast. Du bist eine tolle Freundin. Was man doch alles selbstlos tut, auch wenn man sich nicht schriftlich dazu verpflichtet hat.«

Maja warf ihm ein Kissen an den Kopf und Chris lachte.

Er warf es zurück.

»Komm jetzt!«, sagte er und packte Maja. »Susi wollte nur, dass wir ins Bett gehen. Von Schlafen hat sie nichts gesagt.«

***

Zehn Uhr früh trafen sich Maja, Kathi und Lilly in Susis Suite zum Frisieren. Susi hatte Nadine, die Friseurin und auch Stylistin, herbestellt, um sie alle schön zu machen.

Tom war samt Anzug und sonstigem Bräutigam-zubehör zu seinen Eltern ins Zimmer gezogen, um sich dort zurecht zu machen.

Nadine war bereits dabei, Susis Haare einzudrehen, als Maja kam.

»Wie hast du geschlafen?«, fragte Maja.

Susis Gesicht war rot, wie immer bei Aufregung.

»Schlecht. Ich bin dermaßen hibbelig. Hoffentlich klappt alles!«

»Das Wetter ist ja ein Traum«, sagte Kathi. »Es sollen über dreißig Grad werden.«

Susis stöhnte. »Hoffentlich läuft mir da die Schminke nicht vom Gesicht!«

»Die ist wasserfest«, sagte Nadine. »Versucht trotzdem, nicht allzuviel zu weinen.«

»Oje! Ich heule bestimmt die ganze Zeit.« Susi schniefte.

»Das glaube ich auch.« Lilly kicherte.

Susis Haare waren fertig eingedreht und Nadine platzierte sie unter einer mobilen Haube.

»So, die erste Brautjungfer kann gestylt werden«, sagte Nadine.

Mit geübten Handgriffen steckte sie in wenigen Minuten eine Banane in Majas Haare. Dann folgten Kathi und Lilly.

Während die drei sich selbst schminkten, widmete sich Nadine dem Make-up der Braut, bevor sie ihr die Haare kunstvoll hochsteckte.

»Der Kopf sieht schon mal perfekt aus«, sagte Lilly.

»Jetzt das Kleid!« Kathi holte den Wäschesack aus dem Schrank und öffnete vorsichtig den Reißverschluss.

Nadine verabschiedete sich. Natürlich nicht, ohne noch letzte Tipps zu geben.

»Hier das Puder! Damit kannst du immer mal wieder rübergehen, wenn das Gesicht glänzt. Aber vorher vorsichtig mit einem Tuch die glänzenden Stellen abtupfen. Dann noch Lippenstift. Den nachziehen, bevor es zu den Fotos geht. Wenn sonst was sein sollte, ruf an!«

Susis Gesicht war deutlich anzusehen, dass sie Nadine nur widerwillig gehen ließ. So eine ganz persönliche Schminkassistentin den ganzen Tag über wäre schon toll gewesen.

Nachdem Nadine weg war, halfen sie Susi vorsichtig in ihr Kleid.

»Fertig!«, sagte Kathi schließlich und stellte sich etwas entfernt hin, um Susi zu betrachten.

»Du siehst so toll aus«, sagte sie.

»Wie eine echte Braut«, stimmte Lilly zu.

Susi strahlte über den ganzen Körper.

»Perfekt!«, sagte Maja.

»Ich schicke jetzt Mama zu dir«, sagte Kathi. »Damit du hier nicht allein bist, während wir drei uns umziehen. Wir kommen dann sofort wieder.«

Susi nickte.

Lilly blieb bei ihr, während Maja mit Kathi das Zimmer verließ.

Maja ging über den Hof in ihr Zimmer. Chris war im Bad.

Sie zog ihr Kleid an, Strümpfe und Schuhe.

Als Chris aus dem Bad kam, war sie fertig.

»Wow!«, sagte er. »Du siehst traumhaft aus.«

»Susi hat das Kleid ausgesucht«, erklärte Maja. Ihr persönlich kam es etwas overdressed vor. Aber wenn es Susi glücklich machte, dann sollte sie ihren Willen haben.

Chris kam näher und legte die Arme um Maja. Er hatte nur eine Unterhose an.

»Kann ich dir das noch mal ausziehen?«, fragte er.

Maja lachte und schob ihn weg.

»Nein, ich muss zurück zu Susi. Es geht bald los.«

»Okay. Dann lass es an! Das gefällt mir noch besser.« Er begann, Majas Kleid hochzuschieben.

»Wenn du meine Frisur ruinierst, bin ich sauer.«

»Ich bemühe mich.«

In diesem Moment surrte Majas Handy.

»Nicht rangehen!«, sagte Chris.

»Und wenn es wichtig ist?« Maja schob ihn weg und ging ran.

»Du musst kommen«, sagte Kathi. »Susi dreht grad durch.«

»Wo ist sie? Ist eure Mutter nicht bei ihr?«

»Sie hat sich in ihrem Zimmer im Bad eingeschlossen. Mama war noch nicht fertig. Deshalb haben Lilly und ich uns beeilt und Susi kurz allein gelassen. Und jetzt ist sie verrückt geworden.«

Maja stöhnte und legte auf. Sie eilte über den Hof, ins Schloss, die Treppen nach oben.

Kathi schloss auf, als Maja klopfte.

»Susi!«, rief Maja und eilte zur Badezimmertür. Sie war abgeschlossen. »Was ist denn los?«, fragte sie durch die Tür.

Das Schloss quietschte, als es gedreht wurde, und die Tür öffnete sich etwas.

»Nur du!«, sagte Susi.

Maja schlüpfte ins Bad, und Susi schloss hinter ihr wieder ab. Mit aufgerissenen Augen blickte sie Maja an.

»Ich mache einen Fehler, stimmt's?«, sagte sie.

»Wie? Was meinst du?«

»Die Hochzeit. Ich sollte nicht heiraten.«

»Warum nicht? Ist was passiert?«

Susi schüttelte den Kopf. »Für immer«, flüsterte sie. »Was heißt das?«

»Es heißt eigentlich: Bis dass der Tod euch scheidet. Wobei – beim Standesamt stimmt das nicht. Aber es läuft quasi auf für immer hinaus.« Sie legte eine Hand auf Susis Arm. »Woher kommen die Zweifel auf einmal?«

Susi zuckte mit den Schultern. »Ich hab viel darüber nachgedacht, was du übers Heiraten und die Ehe gesagt hast. Vielleicht hast du Recht. Und Tante Ursel auch.«

Oh, nein! Maja war schuld, dass Susi kurz davor war, die Hochzeit platzen zu lassen.

»Das ist doch nur das, was ich darüber denke«, erklärte Maja. »Das muss doch nicht für dich gelten.«

»Aber es ist alles richtig, was du sagst. Die hohe Scheidungsrate, das Auseinanderleben. Wenn das mit Tom und mir schiefgeht – das stehe ich nicht durch.« Susis Augen wurden feucht.

»Oh, nein! Nicht weinen! Das Make-up zerläuft doch.«

Susi blinzelte die Tränen weg.

Viel Zeit blieb jetzt nicht mehr.

»Hör zu!«, sagte Maja und sah Susi eindringlich an. »Jetzt mal von der logischen Seite. Du stehst hier im Brautkleid.«

Susi nickte.

»Und du willst Tom nicht verlieren.«

Wieder nickte Susi.

»Wenn du das hier heute platzen lässt, vor eurer Familie, euren Freunden und all euren Bekannten, was glaubst du, wird das für Auswirkungen auf Tom und dich haben?«

Susi schien kurz nachzudenken. Dann verzerrte sich ihr Gesicht.

»Er wird Schluss machen«, jammerte sie.

Das stimmte wohl nicht. Dafür liebte Tom sie viel zu sehr. Aber besser, Susi sah die Absage der Hochzeit zu dramatisch.

»Nicht weinen, das Make-up!«, erinnerte Maja.

Susi öffnete die Augen weit und atmete tief ein. Dann blinzelte sie wieder.

»Du wirst jetzt heiraten, hörst du!«, mahnte Maja. »Eine Garantie gibt es nie. Das wusstest du aber schon, bevor ihr mich über meine Ansichten ausgefragt habt.«

Susi war wieder im Nickmodus.

»Außerdem hast du vorgestern selbst die Gründe dafür aufgezählt, warum du Tom heiraten musst.«

Schniefen.

»Du liebst Tom. Und Tom liebt dich.«

Nicken.

»Bereit?«

»Ja.« Endlich zeigte Susis Blick Entschlossenheit.

***

»Ist sie wieder zur Vernunft gekommen?«, fragte Kathi draußen. Als sie Susi sah, atmete sie auf. »Was denn los? Kalte Füße?«

Susi zuckte mit den Schultern.

»Du kannst dich wieder scheiden lassen, wenn es doch ein Fehler war«, sagte Kathi.

Susi blieb kurz stehen. Maja warf Kathi einen bösen Blick zu.

»War ein Witz«, sagte Kathi. »Obwohl es stimmt«, setzte sie murmelnd hinzu.

»Hat Tom was gemerkt?«, fragte Susi.

»Ich hab was von Kleidernotfall gesagt«, erwiderte Kathi. »Alle sitzen noch schön brav unten und erwarten die Braut.«

Lilly kam die Treppe hochgestürmt.

»Seid ihr so weit?«, rief sie. »Die Standesbeamtin wollte, dass ich nachsehe, wo ihr bleibt.«

»Wir kommen«, sagte Maja.

Zu dritt geleiteten sie Susi hinunter in einen Nebenraum mit einer großen Schiebetür. Davor stellte sich Susi in Position.

Maja und Kathi drapierten ihr Kleid ein letztes Mal. Lilly rückte den Brautstrauß zurecht und nickte dann.

»Du siehst traumhaft aus«, flüsterte Lilly.

»Wir gehen jetzt rüber in den Saal und lassen die Schiebetür öffnen«, erklärte Maja. »Dann schreitest du hinein, direkt zu Tom.« Sie sah Susi prüfend ins Gesicht. Nicht, dass sie das Weite suchte, sobald die drei aus dem Zimmer gingen!

Doch rosa Flecken zierten Susis Wangen, ihre Augen leuchteten.

So sollte eine Braut aussehen.

»Bis gleich!«, sagte Maja und lächelte Susi ein letztes Mal aufmunternd zu.

***

Die Trauung war sehr tränenreich. Selbst Maja musste sich zusammenreißen, während sie zusammen mit Lilly und Kathi direkt neben dem Brautpaar hautnah beobachten konnte, wie Susi und Tom einander ewige Liebe versprachen.

Susi hatte wohl im letzten Moment ihr Gelübde geändert. Denn es handelte von Liebe, die Zweifel überwand, von schwierigen Zeiten, die es wegen der guten Zeiten Wert seien, durchlebt zu werden.

Tom schien es nicht zu stören. Er rezitierte aus irgendeinem Film, was Susi endgültig zum Weinen brachte. Aber das Make-up hielt.

Maja unterschrieb als Trauzeugin. Offenbar hatte Tom beim Würfeln um den Nachnamen gewonnen.

Der Rest des Vormittags verging sehr schnell. Maja war vollauf damit beschäftigt, die verschiedenen Programmpunkte zu koordinieren.

Herzausschneiden, Baumstammsägen, Sektempfang.

Dann ging es mit Brautpaar und Fotografin hinter das Schloss, um Fotos zu machen.

Es folgten Torteanschneiden – Susis Hand war oben – und Kaffeetrinken unter freiem Himmel im Schlosshof. Die erste Gelegenheit für Maja, sich ein paar Minuten hinzusetzen.

Auf der Rasenfläche waren einige Planschbecken aufgebaut, in denen die Kinder mit nackten Füßen planschten. Einige von ihnen waren von oben bis unten nass, trotz ihrer Kleidchen oder schicken Hosen. Aber sie hatten Spaß.

»Alles im Griff?«, fragte Chris und setzte sich zu Maja.

Maja nickte. »Tut mir leid, dass ich keine Zeit für dich hab!«

Chris lächelte. »Ist doch okay. Susi und Tom sehen glücklich aus.«

Maja blickte ihn an. Kam jetzt wieder was zum Thema, wie toll heiraten sei?

Doch Chris schaute nur in Richtung Brautpaar, das immer noch damit beschäftigt war, Tortenstücke zu verteilen, und lächelte vor sich hin.

»Heute Abend tanzt du aber mit mir«, sagte Chris.

Maja schnaubte. »Wir sind ja quasi dazu verpflichtet zu tanzen.«

»Hoffentlich kommt Susi nicht auf die Idee, dass wir beide mit ihnen den Eröffnungstanz machen sollen. Also, du mit Tom. Ich mit Susi.« Er lachte.

Maja stimmte ein. »Zuzutrauen wäre es ihr.« Sie deutete auf Chris‘ Teller. »Welche Sorte hast du?«

»Irgendwas mit Alkohol.«

Maja klaute ihm ein Stück. Zucker und Alkohol waren jetzt genau das Richtige.

***

Das Abendessen fand in einem Nebengebäude in einem rustikalen Saal statt, an dessen Rückwand sich ein vier Meter breiter Kamin befand.

Da Hochsommer war, war er leider aus. Aber es gehörte nicht viel Fantasie dazu, sich vorstellen, wie darin im Winter ein Feuer knisterte und wohlige Wärme verbreitete. Ob man dort Marshmallows rösten konnte?

Auch ohne Feuer war es trotz der Größe des Saals gemütlich. An den Wänden hingen mittelalterliche, landwirtschaftliche Geräte, Pflüge, Hacken, Spaten. Rechts neben dem Kamin war das Buffet aufgebaut. Natürlich gab es viel zu viel zu essen. Aber Susi hatte darauf bestanden. Den Rest wollte sie sich einfach »einpacken lassen«. Typisch! Sie würde es tütenweise einfrieren und wochenlang davon essen und in Erinnerungen schwelgen.

Maja genoss das Essen. Sie lachte und scherzte mit Kathi und Lilly, die mit Mann und Freund sowie Chris bei ihr am Tisch saßen.

Dann kamen die Reden.

Noch bevor Susis Vater drei Worte gesagt hatte, war Susi schon in Tränen aufgelöst. Dazu hatte schon »mein lieber Tom« gereicht. Dann sprach er über die Bedeutung der Ehe, darüber, dass er schon über dreißig Jahre glücklich verheiratet sei und wie stolz er auf seine drei Töchter war.

Den Abschluss bildete das Willkommenheißen in der Familie, das in seinen Augen überfällig war, da sie Tom bereits seit Jahren in ihr Herz geschlossen hatten.

Maja stellte sich unwillkürlich vor, wie ihr Vater solche Worte auf ihrer Hochzeit sagen würde. Wahrscheinlich würde Mama ihn ständig verbessern.

Als Susis Vater fertig war, nahm Chris Majas Hand und blickte ihr in die Augen.

Maja wusste genau, was er dachte. Er verstand nicht, dass sie nie das haben würden, was Susi und Tom hatten. Es fing bei der Familie an.

Susis gesamte Verwandtschaft, auch die Onkel und Tanten, waren den ganzen Tag über gut gelaunt gewesen, hatten Susi haufenweise Komplimente über ihr Kleid, ihre Frisur, die ganze Hochzeit gemacht. Tom wurde heute zu einem Teil davon und herzlich aufgenommen.

So eine Hochzeit würde Maja nie haben. Selbst wenn sie wollte. Doch würde Chris das jemals verstehen? Maja würde ihn vielleicht nie davon überzeugen können, dass sie keinen Trauschein zum Glücklichsein brauchten.

Dann war es endlich Zeit für den lang ersehnten Hochzeitstanz. Susi hatte einen langsamen Walzer ausgesucht, und es lief ganz passabel. Die schicke Kleidung tat ihr Übriges für den Gesamteindruck.

Als der erste Tanz vorbei war, winkten Susi und Tom, dass die anderen nun auch tanzen durften.

Fast sämtliche anwesenden Paare erstürmten die Tanzfläche. Susi nahm sich der Reihe nach die Herren vor, angefangen bei ihrem Vater. Tom tanzte mit den Frauen.

Nach einer Stunde Stimmungsmusik wurde es ruhiger. Das erste Kuschellied wurde gespielt.

Wie versprochen blieben Maja und Chris auf der Tanzfläche. Sie tanzten eng umschlungen.

Maja spürte Chris‘ Herzschlag, seinen warmen Atem an ihrer Wange. Er roch nach Chris und Deo. Maja hätte sich für immer an ihn kuscheln können.

Er gab schnurrende Töne von sich. Ganz leise, sodass Maja es kaum hörte. Er fühlte sich auch wohl.

Maja schmiegte sich gleich noch dichter an ihn.

»Das will ich auch mal«, flüsterte Chris in ihr Ohr und drückte sie fester an sich. »Eine große Hochzeit mit all unseren Verwandten und Freunden.«

Musste er jetzt damit anfangen?! Der Moment war perfekt gewesen und er musste dieses Thema anschneiden.

Maja schob sich von ihm weg und sah ihm ernst ins Gesicht. »Ich werde nicht heiraten. Niemals.«

Chris seufzte und zog sie wieder näher zu sich.

»Ich meine irgendwann. Nicht demnächst. Kannst du das wirklich so kategorisch ausschließen?«

Maja schwieg. Sie wollte jetzt und hier nicht darüber reden. Vielleicht lag es an der Überdosis Hochzeitskram in den letzten Monaten. Mit etwas mehr Abstand zum Thema würde er bestimmt anders denken.

»Ich will darüber reden«, drängte Chris.

»Aber wir drehen uns im Kreis. Immer wieder.«

»Das Thema ist mir wichtig.«

Maja seufzte und blieb stehen. Sie betrachtete die Leute um sie herum. Dann deutete sie mit dem Kopf zu einem der Tische.

»Siehst du dort drüben Ben und Karen?«, fragte sie. »Sie waren früher so ein tolles Paar, sind gereist, haben verrückte Sachen ausprobiert. Jetzt sind sie verheiratet, haben Kinder und nur noch Ben kann machen, was er will. Karen ist Susis Freundin. Ben kam erst dazu. Und trotzdem wird sie nachher mit den Kindern gehen, während er weiterfeiern kann.«

»Das ist eine Sache zwischen den beiden. Das muss zwischen uns doch nicht so laufen.«

»So läuft es aber meistens. Oder schau dir meine Eltern an! Die gehen sich dermaßen auf die Nerven und haben sich eigentlich nichts mehr zu sagen.«

»Das alles hat nichts damit zu tun, ob man heiratet oder nicht«, widersprach Chris. »Sondern damit, wie viel Mühe man sich in einer Beziehung gibt.«

»Genau das meine ich ja. Ich muss nicht heiraten, um eine tolle Beziehung zu haben. Eine Vereinbarung hilft dabei, sich Mühe zu geben.«

»Lass uns ein andermal darüber reden!«, sagte Chris. »Heute will ich einfach nur genießen.«

Doch mit dem Genuss war nicht mehr viel.

Den Rest der Feier gingen sie sich aus dem Weg. Maja hatte eh damit zu tun, Susi aufs Klo zu begleiten und Hochzeitsspiele zu verhindern, bei denen Susis Kleid hätte ruiniert werden können.

Es gab ein harmlose »Heißer-Draht-Spiel« und eine Fragerunde, bei der Braut und Bräutigam Rücken an Rücken saßen und durch Hochhalten des entsprechenden Schuhs signalisieren sollten, wer wofür in ihrer Beziehung zuständig sei.

Chris ging um zwei ins Bett. Maja blieb bis um drei, als die letzten Gäste in ihren Betten lagen und nur noch sie, die Brauteltern und das Brautpaar übrig waren.

Susi und Tom waren ziemlich betrunken. Tom starrte vor sich hin, während er darauf wartete, mit Susi in die Hochzeitssuite zu können, wobei da nicht mehr viel zu erwarten war.

Maja war viel zu nüchtern geblieben und versuchte, Susi auch zum Gehen zu überreden.

»Nur noch ein Tanz«, lallte sie.

»Der DJ ist schon weg«, erinnerte Maja sie zum vierten Mal. »Geh ins Bett! Morgen kannst du nicht ausschlafen, weil du deine Gäste verabschieden musst.«

Susi fiel Maja um den Hals. »Vielen Dank für alles!«, rief sie. »Du bist die beste Trauzeugin jemals. Und ich werde für dich auch die beste sein, wenn du mal heiratest.« Susi kicherte. »Falls du jemals heiratest.«

»Ich komme dann darauf zurück«, erwiderte Maja und hievte Susi hinaus, über den Hof zu ihrem Zimmer, gefolgt von Tom.

Susis Eltern sprachen noch mit einer der Bedienungen, die die Lichter löschte und sich vergewisserte, dass niemand zurückgeblieben war.

Als Maja zehn Minuten später in ihr Zimmer kam, war alles ruhig.

Sie legte sich zu Chris und kuschelte sich dicht an ihn.

»Es ist nicht mehr Samstag«, brummte er und drehte sich weg.

Blödmann!

18

Hochzeitskater

Am nächsten Morgen herrschte eisiges Schweigen zwischen ihnen. Während des gemeinsamen Frühstücks mit den ande-ren Übernachtungsgästen saß Maja bei Susi, während Chris sich an einen anderen Tisch setzte.

Als sie gegen Mittag in Majas Wohnung fuhren, sprachen sie immer noch kein Wort.

Maja würde jedenfalls nicht den ersten Schritt machen. Er war ihr gestern total blöd gekommen. Also musste er jetzt den ersten Schritt tun.

Als Maja ihren Koffer im Schlafzimmer auspackte, kam er.

»Können wir jetzt mal in Ruhe reden?«, fragte er. Aber in einem Ton, als könne man nie vernünftig mit ihr reden.

Maja zuckte nur mit den Schultern.

»Willst du nicht?«

Maja drehte sich zu ihm. »Weißt du – eigentlich nicht. Ich möchte nicht darüber reden. Seit wir zusammen sind, rechtfertige ich mich ständig wegen meiner Einstellung zu Beziehungen. Das reicht jetzt.«

»Die ist ja auch etwas schräg.« Chris schüttelte den Kopf.

»Du hast dich trotzdem darauf eingelassen.«

»Ich hab dir Gelegenheit gegeben, mich davon zu überzeugen, dass wir eine Beziehungsvereinbarung brauchen. Du hingegen hast nicht einmal darüber nachgedacht, ob sie überflüssig sein könnte.«

»Ich habe dir doch schon zigmal erklärt, warum ich so denke. Was verstehst du daran nicht?«

»Alles! Wenn man sich auf jemanden einlässt, weiß man doch gar nicht, in welche Richtung es geht. Du willst aber alles vorherbestimmen. Am Ende willst du noch vertraglich festlegen, wann du Kinder bekommen darfst. Oder musst.« Chris runzelte die Stirn. »Siehst du?! Darüber haben wir noch nie gesprochen. Ich weiß nicht mal, ob du Kinder willst oder nicht.«

»Will ich«, murrte Maja. »Irgendwann.«

»Dann, wenn es ein Vertrag festlegt?«

Maja zuckte wieder mit den Schultern. Bei Basti hatte sie natürlich daran gedacht, das mit den Kindern schriftlich zu regeln. Es jetzt so aus Chris' Mund zu hören, klang aber wirklich etwas absurd.

»Was ist so falsch daran, dass ich Gewissheit will?«, fragte sie leise.

»Die gibt es nie«, rief Chris. »Wir wissen nicht, was in einigen Monaten oder Jahren aus uns wird. Ein Vertrag hat darauf weniger Einfluss, als du denkst. Bei deinem Ex hat es schließlich auch zu Nichts geführt. Warum ziehst du aus dieser Erfahrung keine Schlussfolgerungen?«

»Ich soll daraus schlussfolgern, dass ich lieber heiraten sollte?« Maja schnaubte. »Ich schließe daraus eher, dass ich eine bessere Vereinbarung brauche.«

»Liebe braucht keine Vereinbarung. Du unterstellst nur, dass es ohne schriftlich fixierte Regeln nicht ginge. Ich sage, es geht, wenn beide bereit sind, aufeinander Rücksicht zu nehmen.«

»Und ich bin das wohl nicht?«

Diesmal zuckte Chris mit den Schultern.

»Wahrscheinlich kanntest du es bisher einfach nicht anders«, sagte er. »Du scheinst nicht zu wissen, wie eine gesunde Beziehung funktioniert. Du siehst immer nur das Schlechte in anderen Beziehungen. Ich hab versucht, dir zu zeigen, dass man den anderen auch überraschen kann.«

»Deshalb warst du so aufmerksam zu mir?«

»Ja, und weil ich dich liebe.«

»Aber wenn dir irgendwann nicht mehr danach ist? Wenn du irgendwann aufhörst mich zu überraschen? Dann bin ich enttäuscht.«

Chris riss die Augen auf. »Ich soll mich also nicht so sehr bemühen, damit du nicht enttäuscht bist, wenn das mal nachlässt?«

Maja verschränkte die Arme. Aus Chris‘ Mund hatte das jetzt wirklich merkwürdig geklungen.

Trotzdem!

»Im Prinzip, ja«, sagte sie. »Das hält doch niemand durch. Dann lieber nur das tun, was vereinbart wurde.«

»Wenn die Liebe frisch bleibt, lässt es vielleicht nicht nach. Oder es verändert sich zu etwas anderem, das auch gut ist. Was du willst, ist eine sterile, durchgeplante Beziehung. Das ist bescheuert.«

»Wenigstens gibt es dann keine Enttäuschungen.«

»Enttäuschung ist doch ein subjektives Gefühl. Nicht enttäuscht sein zu dürfen, weil man wortwörtlich etwas anderes vereinbart hatte, ändert doch nichts an diesem Gefühl ganz tief in einem drin.« Chris fasste sich an die Brust. »Ich bin enttäuscht von dir, obwohl ich mich darauf eingelassen habe. Alles ist geregelt, aber ich bin nicht glücklich damit.«

Maja schluckte.

Chris starrte sie kurz an, bevor er sich umwandte.

»Ich schlafe heute mal in meiner Wohnung«, sagte er. Dann war er weg.

Einige Minuten stand Maja noch da. Ständig musste sie sich rechtfertigen. Alle versuchten, sie von ihren Auffassungen zu überzeugen. Hatte Maja kein Recht auf eine eigene Meinung?

***

Maja blieb lange wach und starrte auf ihr Handy. Doch es kam keine Nachricht von Chris.

Sie vermisste ihn so sehr. Aber wie sollte sie das in Ordnung bringen? Er kam ihr kein Stück entgegen. Und sie ließ sich nun mal nicht verbiegen.

Das Handy surrte.

Majas Herz fing schmerzhaft an zu klopfen.

Die Nachricht kam aber nicht von Chris. Sie war von Basti.

»Wir müssen reden«, schrieb er.

Was sollte das denn?

Er hatte den Anstand gehabt, nicht mit seiner Neuen zu Susis und Toms Hochzeit zu kommen. Aber warum meldete er sich jetzt?

»Bitte«, schrieb Basti in einer weiteren Nachricht.

Vielleicht sollte sie Basti fragen, was bei ihnen schiefgelaufen war. Das würde ihr eventuell helfen, Chris besser zu verstehen. Im Moment schien für Maja weder das eine noch das andere zu klappen. Ob mit oder ohne Vereinbarung – irgendetwas lief wohl immer schief.

Sie schrieb Basti eine knappe Nachricht, in der sie ein gemeinsames Frühstück am nächsten Morgen vorschlug.

Daumen hoch, war die Antwort.

***

»Sie ist einfach nicht du«, sagte Basti und sah sie auf diese Weise an, wie er es früher immer getan hatte.

Seit einer Viertelstunde sprach er von seiner neuen Verflossenen, während Maja an einer Tasse Kaffee nippte.

Die ganze Streiterei mit Chris hatte sich auf ihren Magen geschlagen. Obwohl sie in ihrem Lieblingscafé saßen, hatte Maja keines der leckeren Nougatcroissants bestellt, die sie sonst aß.

»Ich hab einen großen Fehler gemacht«, erklärte Basti jetzt. »Aber ich glaube, das hatte sein Gutes.« Er nahm Majas Hand. »Jetzt weiß ich genau, dass es nur mit dir klappen kann. Hanna war ein Abenteuer. Um mir zu beweisen, dass ich mich nur an dich binden will.«

Hanna. So hieß sie also.

»Wie soll dir das gezeigt haben, dass du dich an mich binden willst? Ich habe dir ja anscheinend nicht gereicht. In unserer Beziehung muss dir irgendwas gefehlt haben, wenn sich eine Andere dazwischen drängen konnte.«

Basti lächelte. »Vielleicht hätten wir eine Freischuss-Klausel einbauen sollen.«

Maja runzelte die Stirn. Sie hatten darüber vor Jahren mal gesprochen, sie aber wieder verworfen, weil Maja sich partout nicht damit anfreunden konnte.

»Du willst eine Beziehung, in der der andere hin und wieder fremdgehen darf?«

Er setzte seinen Hundeblick auf. Doch seine dunkelblauen Augen hatten nicht mehr diese Wirkung auf Maja.

»Ich weiß, dass du so etwas nicht willst für dich«, sagte er. »Aber du musst es ja nicht tun. Es reicht, wenn du es mir hin und wieder erlaubst. Natürlich nicht wahllos und ständig. Vor allem nicht heimlich.«

Maja riss ihre Hand los.

»Du willst eine Beziehung, in der nur du fremdgehen darfst?« Sie schnaubte.

Er hob beschwichtigend die Hände. »Darüber können wir noch in Ruhe reden. Jetzt lass uns erst mal besprechen, wie es mit uns weitergeht. Bist du noch mit diesem Typen zusammen?«

»Chris«, sagte Maja. »Ja, und ich habe auch nicht vor, das zu ändern.«

Basti legte den Kopf schief. »Aber ich wette, er steht unserem Beziehungsmodell skeptisch gegenüber, oder?«

Maja senkte den Blick und Basti lachte leise.

»So ging es mir mit Hanna auch. Sie verstehen es einfach nicht.« Er fasste wieder nach Majas Hand. »Nur wir beide verstehen das.«

Maja spürte seinen Blick, bevor sie ihn sah.

Chris! Er stand an der Theke und starrte sie und Basti an.

Dann drehte er sich um und stürmte zur Tür hinaus, während er der Bedienung zurief: »Vergessen Sie das mit den Nougatcroissants!«

Maja sprang auf und lief ihm hinterher.

»Chris!«, rief sie. »Warte!«

Chris blieb stehen und sah ihr wütend entgegen.

»So sieht es also aus?«, fragte er. »Ich will nicht, wie du willst, und du heulst dich bei deinem Ex aus und hältst Händchen mit ihm.«

»Er wollte nur mit mir reden, weil er mit seiner neuen Freundin Schluss gemacht hat«, begann Maja eine Erklärung.

»Lass mich raten – er will dich jetzt zurück. Wie passend! Da weißt du wenigstens, dass er deine Spinnerei mit einem Beziehungsvertrag mitmacht. Ich wünsche euch viel Glück.«

»Was soll denn das? Was unterstellst du mir? Vertraust du mir nicht?«

»Haben wir das vereinbart? Vertrauen?«

Maja wusste nicht, was sie darauf sagen sollte.

»Du musst alles vereinbaren, weil du gar nicht fähig bist, echte Gefühle zu haben«, fuhr Chris fort. »Das lässt du gar nicht zu. Du willst nur dein Ding durchziehen. Wer da nicht reinpasst, wird ausgetauscht. Ich kündige. Ich weiß, das ist in deinem Vertrag nicht vorgesehen. Trotzdem reicht es mir jetzt. Das mache ich nicht länger mit. Du hast kein Vertrauen in mich oder unsere Beziehung. Und dass ich dir nicht vertrauen kann, hab ich grad gesehen. So kann ich nicht mit dir zusammen sein. Kannst ja versuchen, mich wegen Nichteinhaltung der Vereinbarung zu verklagen.« Er eilte über die Straße und blickte sich nicht noch einmal nach Maja um.

19

Herbst

Schon wieder Jammertage

Es war schlimmer, als Maja erwartet hatte. Die Trennung von Basti war hart gewesen. Doch die von Chris war unbeschreiblich.

Majas Herz brannte. Ihr war übel. Die Beine taten weh. Darüber würde sie nie hinwegkommen.

Susi war vier Wochen in den Flitterwochen auf Gran Canaria. Und so lange vegetierte Maja in ihrer Wohnung vor sich hin.

Keine Nachricht von Chris. Die von Basti ignorierte sie.

Hin und wieder brachte sie es fertig, eine Pizza zu bestellen und sogar ein oder zwei Stücke davon zu essen. Doch ihre Arbeit blieb liegen, ebenso wie der Müll.

Bis Susi endlich wiederkam.

»Wie siehst du denn aus?«, fragte sie, als Maja ihr die Tür öffnete. »Warum reagierst du nicht auf meine Nachrichten?«

»Ich wollte dir die Flitterwochen nicht verderben«, sagte Maja ruhig.

»Maja, du riechst komisch. Hast du Ärger mit Chris? Eure Vereinbarung läuft doch noch, oder?«

»Er hat gekündigt.«

Kurz sah Susi aus, als wollte sie lachen. Aber Majas Gesicht wirkte wohl nicht so, als machte sie Scherze. Also nahm sie Maja einfach in den Arm und ließ sich erzählen, was am Tag nach der Hochzeit passiert war.

Susi seufzte. »Das tut mir leid!«

»Ich hab doch von Anfang an gesagt, was ich will und was nicht«, jammerte Maja. »Warum will er mich ändern?«

»Na ja, weißt du denn wirklich so genau, was du willst?«, fragte Susi vorsichtig. »Vor einem Jahr um diese Zeit wolltest du mit Basti Kinder haben und konntest dir nicht vorstellen, mit einem anderen zusammen zu sein. Jetzt will er dich zurück. Das war das, was du wolltest.« Sie legte den Kopf schief. »Andererseits hab ich dich nie so glücklich gesehen wie mit Chris. Keine Ahnung, woran das lag. Aber irgendwie hat er dich zum Strahlen gebracht.« Sie lächelte. »Bestimmt, weil er dich immer mal wieder gezwungen hat, deine sichere Zone zu verlassen. Wenn du mich fragst, nimm Chris. Aber er will die Vereinbarung nicht. Basti schon. Schwierig.« Sie sah Maja nachdenklich an. »Ich glaube, du brauchst eine Pro-und-Contra-Liste.«

»Du veräppelst mich«, sagte Maja vorwurfsvoll. »Sowas entscheidet man nicht durch solche Listen.«

Susi seufzte theatralisch. »Stimmt. Denn das Herz will, was das Herz will. Aber vielleicht will dein Herz eine Liste mit den Vorzügen der beiden.«

Maja schnaubte. »Ich brauche keine Pro-Contra-Liste. Es ist Chris.«

»Das hast du ihm wohl nicht begreiflich machen können.«

***

Es dauerte noch zwei weitere Wochen, bis Maja wieder anfing, zu arbeiten und ihr Single-Leben zu ordnen.

Ein Gedanke baute sie auf. Chris und sie waren am 23. Oktober verabredet. Daran würde sie ihn notfalls erinnern. Falls sie ihn dann überhaupt sehen wollte. Das musste sie sich erst mal selber klar machen.

Bis dahin musste sie ihre Arbeit und sich selbst auf die Reihe bekommen.

Sie besuchte sogar ihre Eltern, denen sie aber die Trennung verschwieg. Die beiden stritten sich wie immer. Aber Maja blieb einige Tage und beobachtete, wie ihr Vater Dora einen Kuss gab, wenn er das Haus verließ, ihr abends auf der Couch die Füße massierte oder gemeinsam mit ihr über eine Sendung lachte.

Alles hatte zwei Seiten. Majas Eltern hatte einen Weg gefunden, der sie beieinander hielt. Sie schienen sich einig, ohne sich einig sein zu müssen.

Das wollte sie auch. Mit Chris. Eigentlich wollte sie einfach nur, dass er da war. Jede Faser ihres Körpers vermisste ihn. Sein Lächeln, seine verwuschelten Haare, seine Hände auf ihrer Haut.

Vielleicht war mit dem richtigen Mann keine schriftliche Vereinbarung nötig.

Basti hatte sich immer an alles gehalten, aber nichts darüber hinaus getan. Maja hatte immer wieder darauf bestanden, einige Klauseln aufzunehmen, weil Basti immer darauf beharrt hatte, etwas nicht tun zu müssen, weil es nicht vereinbart war.

Keine Überraschungen, weder gute noch schlechte. Das klang wirklich lahm.

Maja hatte einfach unterstellt, dass es bei jedem Mann nötig sein würde, auf einige Dinge zu bestehen, obwohl sich ihre Erfahrung nur auf Basti beschränkte. Ihre vorherigen Beziehungen hatten nicht lange genug gehalten, um weitere Erfahrungen zu sammeln.

Im Moment konnte sie sich allerdings auch nicht vorstellen, jemals zu heiraten. Diese Einstellung hatte sie sich jahrelang erworben und die würde sie auch nicht so schnell aufgeben. Was konnte sie Chris bieten?

Garantien, dass eine Beziehung für immer bestehen blieb, gab es nun mal nicht. Man musste die Dinge sich entwickeln lassen. Vielleicht sollte man einmal im Jahr über die Beziehung reden. Darüber, was gut lief und was nicht. Und die Bettregeln hatten durchaus etwas für sich.

Sie wollte ihn einfach nur wiederhaben.

20

Jahrestag

Maja war zu früh. Sie hatte den heutigen Tag kaum erwarten können. Chris hatte versprochen zu kommen. Vorher, bevor er die Nase voll hatte.

In einer SMS hatte sie ihn gebeten, wirklich zu kommen, doch er hatte nicht geantwortet. Bestimmt wartete sie hier umsonst.

Sie waren erst in zehn Minuten verabredet. Wenn er sich nicht blicken ließ, musste sie sich etwas anderes einfallen lassen. Es sollte eine große Geste von ihrer Seite sein, eine, deren Umfang und Bedeutung er hoffentlich verstehen würde.

Wenn sie ihn stalken müsste, um noch mal mit ihm zu reden, wäre die Wirkung ihrer Geste bestimmt nicht mehr so groß.

Doch dann kam auch er vor der verabredeten Zeit.

Ganz plötzlich stand er vor ihr. Sie hatte ihn wohl nicht früher bemerkt, weil sie insgeheim nicht mit ihm gerechnet hatte.

Jetzt schlug ihr Herz an einer Stelle unter dem linken Ohr.

»Hallo!«, sagte er und lächelte.

Sie erhob sich, wusste dann aber nicht, ob sie ihm einen Kuss auf die Wange geben sollte oder ihn nur umarmen.

Ehe sie sich entscheiden konnte, hatte sich Chris bereits gesetzt.

Maja ließ sich wieder auf ihren Stuhl sinken und musterte Chris unsicher. Sie konnte nicht deuten, was in ihm vorging. Sein Gesicht war freundlich, nicht abweisend. Aber da lag ein Zug um seine Augen, der nichts Gutes verhieß.

Maja seufzte und ließ die Schultern hängen. Es würde das gleiche Desaster werden wie letztes Jahr. Wenn nicht sogar noch schlimmer. Die Zeit nach der Trennung von Basti war hart gewesen. Aber wenn Chris ihr jetzt verkündete, dass er nichts mehr von ihr wissen wollte, würde sie sich in ein Loch verkriechen und nie wieder hervorkommen.

Und danach sah es im Moment aus.

Der Kellner kam und brachte Chris eine Karte. Zumindest nahm er sie entgegen und schlug sie auf. Er hatte also nicht vor, gleich wieder abzuhauen, nachdem er Maja die Nachricht verkündet hatte.

Maja beobachtete ihn, während er die Speisekarte durchging.

Hin und wieder hob er den Blick und fing ihren auf, dann wandte er sich wieder der Karte zu.

»Hast du schon etwas ausgesucht?«, fragte er, als er die Karte zuschlug.

»Ich kann jetzt nichts essen«, sagte Maja. Ihr Bein begann, nervös zu wippen. Doch sie konnte es nicht länger hinauszögern.

»Schön, dass du trotz allem gekommen bist«, begann sie.

»Du bist nicht mit deinem Ex zusammen?«, fragte Chris ohne Umschweife.

Maja schüttelte den Kopf. »Das hatte ich auch nie vor.«

»Sah aber ganz danach aus.«

»Das tut mir leid. Er hat um ein Treffen gebeten. Seit der Trennung haben wir nicht mehr miteinander gesprochen. Ich brauchte das als Abschluss.«

»Er wollte dich aber zurück, stimmt's?«

»Ich hab ihn abblitzen lassen.«

»Warum?« Chris beugte sich vor. »Er macht schließlich diesen ganzen Vertragskram mit dir mit.«

»Das ist aber nicht alles. Ich liebe ihn nicht mehr.« Kurz war sie versucht, Chris‘ Hand zu nehmen, aber sie erkannte keine Anzeichen dafür, dass er es gewollt hätte. Noch eine Abfuhr von ihm würde sie nicht ertragen.

Chris sah ihr aufmerksam ins Gesicht.

»Warum dieser Tag?«, fragte er. »Es ist genau der Tag, an dem ihr euch getrennt habt. Warum müssen wir uns ausgerechnet heute treffen und nicht schon früher?«

Maja zögerte.

In der Beziehung mit Basti war es Zufall gewesen. Oder vielleicht auch nicht. Es war ihre eigene Feier vor acht Jahren gewesen, auf der sie ihn kennen- und liebengelernt hatte. Daher wurde es ihr Jahrestag.

Den einen Anlass hatte Basti letztes Jahr am Morgen hinter sich gebracht. Mit Blumen. Mit dem Ende ihrer Beziehung hatte er bis zum Abend gewartet.

»Es ist mein Geburtstag«, sagte Maja.

Chris sah sie überrascht an. »Warum hast du das nicht gesagt?«

»Hat sich nie ergeben.«

»Ich hab dich aber ausdrücklich nach deinem Geburtstag gefragt.«

»Da wollte ich nicht, dass es schräg bei dir ankommt, wenn du erfährst, dass ich diesen Tag dafür ausgesucht habe, mich mit dir zu treffen. Aber bisher sind in meinem Leben viele wichtige Dinge an diesem Tag passiert. Mein Bruder kam an meinem siebten Geburtstag zur Welt. Meine Oma starb an meinem dreizehnten Geburtstag. Und es war auch der Jahrestag mit Basti. Das Datum bedeutet mir einfach viel.«

Jetzt war er es, der ihre Hand nahm.

»Alles Gute!«, sagte er.

Doch Maja zog ihre Hand weg.

»Das spielt jetzt keine Rolle. Ich will das mit uns unbedingt auf die Reihe kriegen. Ich will nicht, dass dieser Tag das Datum wird, an dem es endgültig zwischen uns vorbei ist.« Maja atmete tief durch. Ihre Augen wurden glasig, aber sie wollte auf keinen Fall heulen.

Chris rieb sich über die Stirn, dann blickte er ihr direkt in die Augen.

»Ich hab dich wirklich gern«, begann er. »Aber wenn ich mich jetzt wieder auf so eine Vereinbarung einlasse, dann weiß ich nicht, was mal sein wird. Ich will irgendwann heiraten. Mit allem Drum und Dran. Ich will, dass wir denselben Nachnamen haben, damit jeder sieht, dass wir zusammengehören. Was ich nicht möchte, ist ein Vertrag, der alles regelt, was unsere Beziehung betrifft. Der kann nur zu klein sein für uns. Unsere Beziehung soll größer sein als ein Vertrag. Lass uns über die Sachen sprechen, die uns stören und eine Lösung finden. Ich will einfach mit dir zusammen sein. Diese Regeln beschränken uns und lassen unsere Beziehung nicht wachsen. Dann ist sie wirklich irgendwann zum Scheitern verurteilt. Und das halte ich nicht aus. Es würde mir noch mehr wehtun als jetzt.«

»Ich kann mir gar nicht vorstellen, dass es schlimmer sein kann als gerade jetzt«, erwiderte Maja.

Chris sah sie traurig an. Sein Blick glitt über ihr ganzes Gesicht.

Hoffentlich heulte sie jetzt nicht doch noch los!

»Du hast Recht«, sagte er plötzlich. »Das ist schon der schlimmste Tiefpunkt.«

»Was bedeutet das?«, fragte Maja. Jetzt würde er gleich aufstehen und gehen. Sie musste jetzt endlich etwas sagen.

Sie zog den alten Vertrag aus der Tasche und hielt ihn hoch.

Chris sah sie ungerührt an, während er einen Stift aus seinem Jackett holte.

Er wollte doch nicht wirklich unterschreiben! Das brauchte er doch gar nicht. Aber er würde. Eine heiße Welle durchspülte Majas Körper, als sie begriff, was gerade passierte. Chris war zu allem bereit, nur um mit ihr zusammen zu sein.

Aber das war sie auch.

Maja packte die Zettel mit beiden Händen und zerriss sie in der Mitte. Vielmehr versuchte sie es wenigstens. Nach ein paar Zentimetern war Schluss. Das Papier war zu dick.

Sie warf es auf den Tisch.

»Du weißt, worauf ich hinaus will«, sagte sie dann und sah Chris hoffnungsvoll an.

Chris lächelte und nickte. Dann nahm er seine weiße Serviette und schrieb mit dem Stift etwas darauf. Dann reichte er sie Maja.

»Ich werde dich immer lieben. Chris.«

Danach

Maja räumte Kisten aus. Umzugskisten. Chris war heute bei ihr eingezogen und jetzt räumten sie gemeinsam sein Leben in ihre Wohnung.

Sie hatten nicht mehr über eine Vereinbarung geredet. Maja war fest entschlossen, es ohne zu versuchen.

Ob sie jemals heiraten wollen würde, wusste sie noch nicht. Aber vielleicht sollte sie auch das ausprobieren, bevor sie sich darüber eine Meinung bildete.

Sie kramte ein paar Gläser hervor und trug sie in die Küche.

Ihr fielen sofort die Zettel auf, die mit Magneten am Kühlschrank befestigt waren. An der einen Seite waren sie mit Klebeband repariert worden.

Die Vereinbarung!

Chris hatte viel drin rumgestrichen oder Absätze markiert.

In diesem Moment kam er herein.

»Wozu hängt die hier?«, fragte Maja und deutete auf die alte Vereinbarung.

»Als Mahnung an die guten Seiten, die sie hat.«

»Und die wären?«

»Dass wir uns weiter umeinander bemühen, mal etwas tun, was dem anderen wichtig ist. Und dann sind da natürlich noch …«

»… diese ganz bestimmten Regeln?«, vervollständigte Maja.

Chris grinste.

»Sollen wir die verbindlich vereinbaren?« Maja verschränkte die Arme und versuchte, streng auszusehen.

»Och, ich denke, wenn die hier hängen und wir uns darauf einigen, dass sie eine gewisse Geltung haben, dann klappt das auch so.«

Maja zog die Augenbrauen hoch. »Du willst sie hier hängen lassen? Für alle gut sichtbar? Was, wenn wir Besuch haben?«

»Vielleicht holen deine Eltern sich noch einige Anregungen.«

Maja riss die Augen auf. »Bist du verrückt? Wenn meine Eltern das jemals sehen, werde ich mich in Grund und Boden schämen.«

»Vor allem, wenn sie sehen, wie oft ihre Tochter das tut.« Chris lachte und amüsierte sich anscheinend prächtig über Majas entsetztes Gesicht.

»Apropos«, sagte Chris dann. »Ich berufe mich auf Klausel sieben.«

»Heute ist aber Donnerstag.« Maja deutete auf die entsprechende Regel. Allerdings war der Wochentag durchgestrichen und durch das Wort »Donnerstag« handschriftlich ersetzt worden.

»Ich werde da noch alle Wochentage rüberschreiben und die anderen jeweils abkleben«, erklärte Chris. »Je nach Bedarf.« Dann umfasste er Maja an der Taille und küsste sie.

»Du biegst es dir wohl einfach zurecht«, murmelte Maja, als er seine Küsse an ihrem Hals fortsetzte.

»Weißt du, was das Gute daran ist?«, flüsterte Chris. »Es funktioniert für dich auch.« Er deutete auf eine weitere Klausel, bei der er den Wochentag auch auf Donnerstag geändert hatte.

»Oh«, säuselte Maja. »Dann nichts wie ab ins Schlafzimmer!«

Über die Autorin

Marit Bernson wurde 1977 in Mecklenburg geboren. Nach dem Abitur studierte sie in Kassel und Berlin. Danach zog sie nach Oberfranken, wo sie immer noch mit ihrem Mann und zwei Kindern lebt. Sie schreibt Kinderbücher, Liebesromane und humorvolle Geschichten.

mehr über Marit Bernson auf www.marit-bernson.de

*** Marit Bernson ist Mitglied der Gemeinschaft »Wir schreiben Liebe!«, einem Zusammenschluss von AutorInnen, die romantische, dramatische, amüsante, prickelnde und mitreißende Geschichten über die Liebe schreiben.
Wir freuen uns über euren Besuch auf unserer Facebook-Seite und in unserer Gruppe. Dort erfahrt ihr das Neueste über unsere Projekte, über geplante Aktionen und unsere Veröffentlichungen. ***

Weitere Liebesromane von Marit Bernson:

Die Mütter-WG

Liebe und andere Köstlichkeiten

Ein Kurschatten zu viel

Eine Schlittenfahrt zum Verlieben

Ein Punsch zu viel

Skihase wider Willen

Briefe vom Christkind

Kinderbücher von Marit Bernson:

Als der Weihnachtsmann seinen Bauch verlor

Fritzi Flitzeflink – Vorlesegeschichten

Licornia – Die Rückkehr der Einhörner

Kurzroman:

Mordpol – Die Weihnachtsmann-Intrige